POUR QU'ELLE REVIENNE

De la même autrice aux éditions Charleston :

Le Sourire aux livres, 2023

La citation en exergue est tirée de l'ouvrage *Vivre vite*, de Philippe Besson, paru aux éditions Julliard en 2015.

76, boulevard Pasteur
75015 Paris – France
www.editionscharleston.fr

ISBN : 978-2-38529-178-5
Maquette : Patrick Leleux PAO

Charleston s'engage pour une fabrication écoresponsable ! Amoureux des livres, nous sommes soucieux de l'impact de notre passion et choisissons nos imprimeurs avec la plus grande attention pour que nos ouvrages soient imprimés sur du papier issu de forêts gérées durablement.

Pour suivre notre actualité, rejoignez-nous sur Facebook (Éditions. Charleston), sur Instagram (@editionscharleston) et sur TikTok (@editionscharleston) !

Cynthia Kafka

POUR QU'ELLE REVIENNE

Roman

CHARLESTON

À Toinou, pour la Corse et pour l'amour

« Cela pèse lourd, une absence. Bien plus lourd qu'une disparition. Parce que avec les morts, on sait qu'ils ne reviendront pas. Tandis que les lointains nous font espérer. »

Philippe Besson

PROLOGUE

5 octobre 2008

J'ai toujours aimé les renouveaux.

La rentrée des classes, mon anniversaire, le 1er janvier.

Ces dates qui portent en elles la faculté de bouleverser l'ordre établi.

Ces moments charnières qui offrent l'occasion de pouvoir faire, en quelque sorte, table rase du passé.

J'ai souvent changé de passion, de style vestimentaire, d'amis.

Et puis j'ai rencontré Paul.

Avec lui, j'ai oublié le passé, entrevu l'avenir.

J'ai croisé sa route pavée de bonnes intentions, et je suis tombée.

D'abord, sous le charme, amoureuse, et puis enceinte.

Comme dans un conte de fées.

Sauf que, après le générique de fin, la vie ne s'arrête pas au happy end.

Ma chute a continué. Je suis tombée dans l'engrenage du quotidien, dans une routine qui me happait, dans le découragement. En dépression, sûrement aussi.

Et même les rentrées des classes ou la nouvelle année n'ont pas pu m'aider à me relever.

J'ai laissé filer le temps.

Jusqu'à ce jour où, plutôt que de tomber définitivement, j'ai fui.

Jusqu'à ce jour où j'ai disparu de ma vie.

1

15 septembre 2023

« Flash info. Un mois après sa disparition, la famille d'Isabelle Dhaussy reste sans nouvelles de la jeune femme. Au micro de RTL, sa sœur témoigne… »

Du bout de l'index, je change la station de radio et coupe la parole au journaliste.

Dans un monde idéal, les Tupperware ne perdraient jamais leur couvercle, manger du chocolat serait bon pour la ligne, et ce type de fait divers ne me ferait ni chaud ni froid… Malheureusement, je ne vis pas dans un univers parallèle, et à chaque fois, la même rengaine se répète. Les journalistes mentionnent une disparition, et mon esprit se précipite quinze ans en arrière. Ma mémoire est un disque rayé dont le diamant revient sans cesse sur le même sillon.

Lieu, odeurs, bruits. Tout ce qui a contribué à graver ces instants se matérialise dans ma tête comme par enchantement, même si le terme désenchantement serait plus approprié.

Pourtant, je ressens encore l'excitation qui m'envahissait, avant que toute ma vie chavire.

La veille du jour qui a ébranlé mon existence, j'avais dormi chez Timothée, mon voisin et également mon meilleur ami depuis la crèche. Nous avions écouté de la musique en nous racontant les potins du collège selon des règles précises, inventées pour ne pas nous éparpiller. Chaque sujet, qu'il s'agisse des profs ou des élèves, avait droit à sa chanson. Pas plus, pas moins, et pas de jaloux. On l'avait appelé « le temps de paroles », avec un « s » au bout. Avant que le sommeil nous emporte, parce que je ne pouvais rien lui cacher, j'avais fini par avouer à Tim que j'avais deviné, pour la fête surprise organisée le lendemain pour mes quinze ans.

« Ne t'emballe pas, Margaux, tu risques d'être déçue. Moi, en tout cas, je ne suis au courant de rien », avait-il assuré, et, avec un sourire sceptique, j'avais feint de le croire, pour lui épargner la culpabilité d'avoir vendu la mèche lorsque tout le monde crierait : « Surprise ! »

Je m'étais endormie en imaginant la liste des invités, le gâteau, la décoration, et mon cadeau. Avec un peu de chance, je déballerais l'iPod dont je rêvais. Maman avait beau être complètement dans la lune depuis la naissance de ma sœur, quatre mois auparavant, elle n'en demeurait pas moins une véritable as de l'organisation. J'espérais simplement qu'elle ne me couvrirait pas de honte devant mon groupe d'amis. Sa façon de se comporter comme une « copine » avec moi m'indisposait de plus en plus. Je croisais donc les doigts pour que, rien que cette fois, elle sache s'effacer au bon moment.

Si seulement j'avais su...

Le feu tricolore passe au orange. Je ralentis, immobilise ma voiture, et m'efforce de calmer les battements erratiques de mon cœur. Plus que quelques kilomètres et je pourrai me mettre à l'abri des souvenirs, dans la vraie vie. Dans l'immédiat, je ne parviens pas à m'arracher à cette vision de moi le matin du 27 septembre 2008.

J'avais ouvert les yeux très tôt. L'adrénaline et le sucre ingéré la veille se disputaient la raison de mon réveil aux aurores. Tim, étendu en étoile de mer sur son matelas, ronflait comme un bienheureux, et je le connaissais suffisamment pour savoir qu'il n'émergerait pas avant plusieurs heures.

Dans la salle de bains, devant le miroir constellé de projections de dentifrice, je m'entraînais à jouer la fille surprise. Je félicitais mon reflet quand des éclats de voix me sont parvenus de la rue. J'ai d'emblée reconnu celle de Delphine, la mère de Timothée, puis celle de mon père, ce qui ne me semblait pas logique. Habituellement, le samedi matin, papa se précipitait à l'agence de location de voitures dont il était le directeur. Je ne l'avais jamais vu poser un congé, encore moins en période d'affluence. Le ronronnement d'une tondeuse couvrait leur discussion, alors je me suis approchée de la fenêtre, par curiosité. Ma fête surprise devait être un sacré événement pour que papa s'absente de son travail. Mon cœur avait du mal à contenir toute la joie qui l'assaillait par anticipation.

Malgré tout, un infime détail a retenu mon attention. La voix de mon père, habituellement si assurée, s'est tout à coup brisée, révélant la même inquiétude que lors de l'épisode où, gamine, je m'étais enfoncé le sabre d'un Playmobil dans le nez. Y avait-il un problème avec le gâteau ?

Je me suis concentrée pour tenter de comprendre leurs paroles. Parmi les phrases balancées, qui n'avaient ni queue ni tête, j'ai décelé une histoire d'incompétence, de répondeur, de recherche, d'amis alertés et de police. Pour un gâteau, ça me semblait carrément exagéré.

Ensuite, le prénom de maman est revenu à plusieurs reprises, accompagné d'autres mots que mon cerveau, sur le moment, a refusé d'intégrer.

Je me suis laissé tomber sur l'abattant des W-C. La pièce sentait encore l'eau de toilette de Delphine. Du Shalimar, qu'elle portait depuis que je la connaissais. Maman, elle, changeait régulièrement de parfum : J'adore de Dior, Flower de Kenzo, Trésor de Lancôme... Elle ne terminait jamais les bouteilles, passant d'un flacon à l'autre, comme si elle aspirait à tester toutes les fragrances possibles et inimaginables.

Delphine et papa avaient-ils remarqué que je les épiais, et racontaient-ils n'importe quoi pour m'obliger à me manifester ?

Je me suis convaincue que si j'allais me recoucher, au moment où je me réveillerais à nouveau, rien ne se serait passé. Que je pourrais supprimer ce nuage noir du paysage en me faufilant dans les bras de Morphée. Avoir quinze ans, c'est se prendre pour une adulte tout en conservant ses illusions d'enfant.

J'allais me lever quand le moteur de la tondeuse s'est tu. L'odeur de l'herbe coupée s'est associée aux effluves de Shalimar, et j'ai distinctement entendu mon père pleurer. D'une voix enrouée, Delphine a prononcé une parole censée le réconforter, mais qui m'a donné la nausée.

Parce qu'à ce moment-là, j'ai compris que la fête n'avait existé que dans mon imagination, et que la surprise, c'était que ma mère avait disparu.

Je m'arrête devant un passage piéton pour laisser deux adolescents traverser. Ils se tiennent par la main, avancent avec entrain, et je conçois sans mal leur état d'esprit. Ils sont sans doute persuadés que l'avenir leur appartient. Je leur ressemblais, avant que mon père m'apprenne que ma mère n'était pas rentrée depuis la veille. Quels mots a-t-il employés pour me l'annoncer ? Mon cerveau a eu une sorte de court-circuit, probablement pour atténuer la douleur.

Ce jour-là m'apparaît comme une grande pièce de théâtre un peu sombre, avec beaucoup trop de figurants et une absence flagrante de textes cohérents pour les personnages principaux.

Du haut de ses quatre mois, Célia, ma petite sœur, gazouillait dans son siège auto posé à même le sol. Ses billes rondes assistaient au défilé de gens qu'elle n'avait jamais vus, ses minuscules doigts tentaient d'attraper ceux qui passaient à sa portée. Et personne ne songeait à la changer, alors qu'il sortait de sa couche une odeur qui ne laissait planer aucun doute sur l'étendue des dégâts.

J'observais mon père grésiller, telle une ampoule qui va bientôt griller mais qui résiste encore. Régulièrement, il faisait de grands gestes désordonnés, moulinait des bras et avançait un milliard d'idées, de plans à suivre ou d'actions à mener. À d'autres moments, il s'avachissait sur une chaise, se tenait le crâne entre les mains et marmonnait des paroles incompréhensibles dont il était à la fois l'émetteur et l'unique destinataire.

Dans la cuisine, ma grand-mère paternelle préparait des sandwichs avec un air pincé pour les distribuer aux voisins. Ces derniers avaient formé des équipes et s'étaient réparti des zones géographiques à passer au peigne fin, en attendant que, comme l'espérait mon père, les policiers qualifient la disparition d'inquiétante et diligentent une enquête. Malheureusement, rien n'était moins sûr : un adulte ayant légalement le droit de partir de son plein gré, ils n'ouvriraient un dossier qu'avec des preuves suffisantes.

Je me tenais là, au milieu de tous ces groupes, errant de pièce en pièce, à traîner ma carcasse sans trouver comment rendre service. Malgré la tension palpable, je peinais à appréhender la gravité de la situation. Oui, maman n'était pas rentrée depuis la veille, n'avait pas récupéré Célia à la crèche, n'avait ni prévenu ni répondu aux messages inquiets, mais elle avait forcément une explication valable. Une collègue s'était fait porter pâle et elle l'avait remplacée au pied levé. Un léger malaise l'avait conduite à l'hôpital qui n'avait pas réussi à nous joindre. Une anecdote dont on rirait bientôt, une fois rassurés. Il ne pouvait pas lui être arrivé quelque chose de grave. Ce genre de tragédie ne se voyait qu'aux informations, ou dans les films. Pas à Saint-Maximin, une commune de deux mille cinq cents habitants. Encore moins dans mon quartier résidentiel, et sûrement pas sous mon toit. Non. Pas à ma mère. Elle avait de nombreux défauts, mais elle n'en restait pas moins une mère. Elle était donc, par essence, invincible. Pourquoi cette idée ne percutait-elle pas les autres ? Leur manque de discernement me sidérait.

Dans le chaos ambiant, personne ne m'avait évidemment souhaité mon anniversaire, et même moi, je l'avais oublié, jusqu'à ce que Timothée se faufile entre les adultes. Il m'a attrapée par la main pour m'emmener à l'écart et m'a tendu un pain aux raisins décoré d'une bougie. De sa poche, il a sorti un briquet piqué chez lui. Une flamme a jailli, telle une lueur d'espoir dans cette journée noire.

« Je crois que c'est le bon jour pour faire un vœu », a-t-il chuchoté, en se balançant d'un pied sur l'autre.

Mon cœur a pris feu dans ma poitrine. Un feu qui réchauffe, qui réconforte, et qui, en même temps, embrasait mon être tout entier. Ce qui se passait dans la pièce adjacente était devenu secondaire et moi, je me suis enflammée. Je me suis promis que dès que maman serait revenue, j'avouerais à Tim que j'étais amoureuse de lui.

Je soufflais la bougie lorsqu'un voisin a fait irruption dans le salon.

« Paul, on a retrouvé la voiture de Nathalie sur le parking de la gare de Creil », a-t-il révélé. Un silence écrasant a ponctué sa déclaration. Tous les regards se sont braqués sur lui. Moi, j'ai fixé mon père, dont le visage venait de s'illuminer.

Cette image représentera toujours à mes yeux la définition la plus nette du mot espoir. Mon vœu était en train de s'exaucer, maman allait passer le seuil de la porte, étonnée par tout ce branle-bas de combat, et Tim serait le premier garçon que j'embrasserais, s'il le voulait, évidemment. Le souhaitait-il ? N'était-on pas trop jeunes pour connaître un amour qui dure toute une vie ?

Néanmoins, en quelques secondes, l'espoir s'est lézardé, avant d'exploser en plein vol.

« On s'est renseignés dans la gare, et un guichetier affirme l'avoir vue se diriger vers le quai pour prendre un train.

— Ce n'est pas possible ! Il doit se tromper…

Le voisin a posé une main compatissante sur l'épaule de mon père.

— Je suis désolé, mais il a reconnu sa photo, et s'est dit sûr de lui à cent pour cent. Et puis, il y a autre chose… La portière de la voiture n'était pas fermée à clef, alors, on s'est permis de regarder. On a trouvé ça sur le siège passager. »

Il a tendu un sac plastique à mon père, qui, livide, en a sorti un carton sous blister, renfermant un iPod flambant neuf.

Mes jambes ont tremblé si fort que j'ai cru, l'espace d'un instant, qu'elles allaient se fracasser, et s'éparpiller en un milliard de débris sur le carrelage du salon avec le reste de mon corps. Aussitôt, une pensée m'a assaillie : si une telle chose m'arrivait, mon père ne s'en remettrait pas. J'ai fermé les paupières, et compté doucement dans ma tête. Un. Deux. Trois. Quand j'ai rouvert les yeux, je tenais toujours debout, et ce simple constat représentait une première victoire.

Tandis que chacun émettait des hypothèses, j'ai sorti Célia de son cosy, suis montée la changer et l'ai mise au lit, en actionnant son mobile musical aux sonorités rassurantes. J'ai surveillé son endormissement, étonnée de la trouver si paisible et sereine malgré la confusion du rez-de-chaussée, et ai quitté la pièce sur la pointe des pieds.

En rejoignant le salon, j'ai fixé mon père dans les yeux et prononcé ce qui demeure à ce jour le plus gros mensonge de ma vie : « Ça va aller, papa. »

À ce moment-là, je suis devenue le pilier de ma famille, leur bouée.

Me voilà garée. Je m'octroie quelques secondes supplémentaires pour laisser les dernières brumes de souvenirs s'estomper. Secoue la tête. M'examine dans le miroir de courtoisie. Tout va bien, maintenant. Je sors de ma voiture et file retrouver l'odeur réconfortante de ma maison d'enfance.

2

LE SACRO-SAINT DÉJEUNER DU DIMANCHE TERMINÉ, je rejoins la quiétude de mon studio. Déjà. Enfin. J'y ai emménagé il y a moins d'un an et le même sentiment de contentement m'étreint chaque fois que j'en referme la porte. Mon chez-moi rien qu'à moi. Minuscule, oui, mais douillet. Fabriqué dans un container, mais accueillant. Je respire les effluves de fleurs de coton et d'ylang-ylang émanant d'une bougie créée spécialement pour ici. J'aime que mon havre de paix possède sa propre odeur. Je le chéris d'autant plus qu'à presque trente ans, c'est le premier endroit où je vis seule. Les mauvaises langues diraient que mon indépendance est toute relative – certes, le studio se situe au fond du jardin de mon père –, mais d'une certaine manière, je me suis affranchie. Un peu. Et s'affranchir un peu, c'est mieux que de rester dans sa chambre d'enfant.

En revanche, je ne suis pas parvenue à m'éloigner radicalement de mon père. La semaine, je partage la plupart de ses repas. Mon planning est aimanté sur son frigo, et comme je ne voyais pas l'intérêt de changer mon adresse, mon courrier est toujours expédié chez lui. Du lundi au vendredi, nos habitudes s'inscrivent dans une routine parfaitement huilée. Le week-end aussi, en l'occurrence. Le vendredi soir, Célia, ma petite sœur, revient de l'internat en introduisant un vent de fraîcheur dans la maison. Le samedi, on reste toutes les deux. Shopping, devoirs, séries... Peu importe, tant qu'on est ensemble. Le dimanche, papa récupère un poulet à la rôtisserie itinérante et nous déjeunons en famille, Célia, lui et moi. Une fois le dessert terminé et le lave-vaisselle rempli, j'embrasse ma sœur jusqu'à ce qu'elle m'ordonne de la lâcher, avant que la mère de sa copine ne la conduise au collège. Je salue papa, refuse avec courtoisie le Tupperware qu'il me tend, et retourne chez moi, où Tim me rejoint généralement peu de temps après.

Mon père n'est pas trop intrusif. Seule sa lubie pour les puzzles est dévorante. Ainsi que ses textos pour s'assurer que je suis bien arrivée, alors que de sa baie vitrée, il peut me voir insérer ma clef dans la serrure. Comme à l'accoutumée, je réagis d'un pouce en l'air à son « Bien rentrée ? », ajoute que par chance, j'ai évité les bouchons, et balance mon téléphone sur le canapé, avant de saisir la télécommande.

J'hésite entre une série d'action et une romance pour midinettes, lorsque la sonnette retarde mon dilemme.

À peine la porte ouverte, Timothée déploie son mètre quatre-vingts dans mon appartement de Polly Pocket. Mon meilleur ami prend toute la place, et ce n'est pas qu'une question de taille. Il emplit l'espace de sa bonne humeur et l'éclaire de son sourire. Dans une vie antérieure, il a dû être un réverbère. Dans celle-ci, il est mon phare.

Mais sa caractéristique la plus évidente est de ne jamais prévenir avant de s'incruster. Et si ses visites font partie de notre routine, le lui reprocher est un rituel que j'apprécie également.

De fait, je grommelle pour la forme tandis qu'il m'embrasse sur le sommet du crâne, une habitude qu'il a commencée en seconde, lorsque, en l'espace de quelques semaines, il a poussé comme de la mauvaise herbe jusqu'à me dépasser de vingt centimètres.

— Tu aurais pu prévenir.

— Je t'ai envoyé un pigeon voyageur pour t'informer que j'arrivais, tu ne l'as pas reçu ?

Sa remarque fait naître l'amusement sur mes lèvres.

— Il a dû se prendre une vitre, le malheureux, continue-t-il, l'air faussement navré.

— Oh merde, ce n'était donc pas du poulet, ce midi ?

— Pauvre Raoul Pigeon. J'espère que Paul l'a servi avec des petits pois.

On rit comme les deux adolescents que nous redevenons dès que nous sommes ensemble.

— Tu veux faire quoi ? je demande, alors que notre planning du dimanche se répète à l'identique depuis que je vis ici.

— J'hésite entre braquer une banque, sauter à l'élastique ou inaugurer un bar à chats dans la ville de Pau. On y vendrait des couvre-chefs et on le baptiserait « Chapau ». Mais sinon, regarder une série, c'est parfait.

— Je préférerais qu'on l'ouvre à Meaux et qu'on vende des dictionnaires. « Chameaux », ça claque, non ?

— Tape là, on déménage demain, s'esclaffe-t-il en jetant un coup d'œil à son téléphone, qui tressaute sous l'assaut des notifications.

— Si quelqu'un te propose mieux, ça ne me dérange pas que tu changes tes plans, d'acc ?

Il active le mode silencieux et range son téléphone dans sa poche.

— Mon plan, c'est de m'affaler sur ce canapé.

Je ravale un soupir.

— Non, mais vraiment… Cindy a sans doute envie de passer son dimanche avec toi.

— T'essaies de me virer ?

— Pas du tout, je dis juste que si quelqu'un de plus fun t'invite…

— C'est toi la plus fun, proteste-t-il.

Je lève les yeux au ciel. Contrairement à moi, Tim est entouré d'amis avec qui il s'adonne à des aventures sportives extrêmes, et depuis quelques mois, il a une copine, Cindy, qui le suit sans sourciller. Il ne tient pas en place. À l'inverse, je suis casanière ascendant chiante. Nous sommes le jour et la nuit, et si notre amitié résiste depuis si longtemps, je ne me leurre pas sur le fait qu'il y est pour beaucoup. Clairement, s'il existait une médaille pour la loyauté amicale, les murs de son appartement en seraient couverts. Et si, par pudeur, je ne lui dis jamais, je lui suis reconnaissante de s'accrocher à ce qui nous lie depuis l'enfance. Il est ma bulle d'oxygène. Avec lui, je me sens libre, dans une certaine mesure, et je ne crains pas les jugements.

Mais, régulièrement, ces questions me taraudent : ne serait-il pas mieux sans moi ? Lui aussi, se le demande-t-il parfois ?

— Ah, le goûter nous attend ! se réjouit-il en avisant un saladier rempli de confiseries sur la table basse.

Il saute par-dessus le dossier du Clic-Clac et tapote le coussin en guise d'invitation.

J'allume une bougie, et fusionne avec le canapé, l'esprit léger.

Pendant trois épisodes, nous suivons notre série du moment en silence. Nous n'avons pas besoin de parler pour nous sentir à l'aise. C'est, selon moi, un des principaux privilèges qu'offre l'amitié. On ne s'oblige jamais à trouver un sujet de discussion à tout prix. L'amitié, c'est reposant. C'est ne pas avoir à recharger sa batterie sociale après s'être vus, parce qu'il n'y a jamais à faire semblant.

Alors que la plateforme de streaming nous invite à passer à l'épisode suivant, Tim attrape la télécommande, et le téléviseur bascule sur une chaîne publique. L'air tout à coup sérieux, il met le son en sourdine et se redresse. J'étouffe un bâillement.

— Bon, t'es détendue ? Faut qu'on parle.

Tout mon corps se crispe. Je repose mon Carambar à peine entamé sur la table basse.

— Je l'étais, jusqu'à ce que tu poses cette question. À quel propos ?

— Ton anniversaire, lâche-t-il avec nonchalance. C'est dans moins de deux semaines, et je me disais qu'on pourrait faire un truc pour marquer le coup. Avec les autres.

« Les autres » désigne sa bande de copains *à lui*, pas réellement la mienne. Ils me tolèrent sans doute uniquement parce que Tim m'impose dans le décor. Du reste, j'accepte quelques soirées en leur compagnie pour faire plaisir à mon ami d'enfance. Mais de là à organiser une fête en mon honneur…

— Sans moi, je rétorque, en reprenant mon Carambar pour signifier la fin de cette conversation.

C'est mal connaître Timothée, pour qui avoir le dernier mot est un sport de compétition.

— Apparemment, t'as pas complètement saisi le concept de l'anniversaire, Margaux. Sans toi, il n'a plus lieu d'être, en réalité. Tu vas avoir trente ans…

Il se compose une moue censée être irrésistible, et qui fonctionne en général, mais pas cette fois.

— Tu sais très bien que je déteste le fêter.

— C'est faux. Tu adorais, *avant*...

Il s'interrompt, comme s'il venait de se brûler. Trop tard. Ce sont mes joues qui prennent feu. J'ai presque senti l'italique du « avant ». L'italique, le gras, le panneau lumineux. Avant. C'était quand, avant ? C'était comment ? Avant, j'étais jeune. Insouciante. L'avenir s'annonçait radieux et je n'avais pas peur de m'y jeter, ni même de tomber. Maintenant, cette époque me semble à des années-lumière de moi. Morte et enterrée.

— Je suis désolé. Je ne voulais pas...

— Remuer les mauvais souvenirs ? Manque de pot, c'est raté.

J'ai riposté plus sèchement que je ne l'aurais souhaité. Tim baisse la tête, l'air penaud.

Évidemment, sa réaction me fait culpabiliser, et la mienne me fait honte. J'aimerais effacer ma réponse initiale, la remplacer par un « d'accord, on n'a qu'à organiser une fête ». Je serais même prête à accepter une activité loin de ma zone de confort pour lui rendre le sourire. J'aimerais surtout que la disparition de ma mère appartienne définitivement au passé, qu'elle ne me revienne pas comme un boomerang dans la figure dès que quelqu'un parle d'elle, de disparition, ou de mon anniversaire. J'aimerais réussir à être aussi indifférente que je veux bien le faire croire. Et plus que tout, j'aimerais me confier à mon ami, le seul qui, parce qu'il est resté à mes côtés toutes ces années, serait en mesure de me comprendre. Mais c'est au-dessus de mes forces, depuis ce matin où je me suis réveillée avec une colère devenue plus lourde que mon chagrin. Où, mue par une détermination inédite, j'ai conclu que puisque nous n'étions plus rien pour ma mère, elle n'existerait plus pour moi non plus.

Je clos les paupières un instant, en comptant doucement dans ma tête. Un. Deux. Trois. C'est l'arme que j'utilise pour balayer les pensées obsédantes. Pour refouler au plus profond de moi le passé et arborer un bonheur de façade. Comme lorsqu'une chanson est trop triste sur ma playlist, j'appuie mentalement sur titre suivant. Je me concentre sur mon ami.

— Tu sais ce que je voudrais vraiment, pour mon anniversaire ? je déclare en surjouant la bonne humeur, pour mieux faire ressurgir un peu de légèreté.

Il m'observe, l'air intrigué. Je dois soumettre une idée qui le surprend. Je lui dois bien. Tous les ans, le 27 septembre, il reste avec Célia, papa et moi. À accepter une journée de spleen, où je feins de ne pas penser à elle, alors que chacune de mes respirations lui est destinée, quoi qu'elle fasse et quel que soit l'endroit où elle se trouve. Une journée où pas une minute ne s'écoule sans que je me demande si elle aussi, elle se souvient de cette date, tout en la haïssant pour ce qu'elle nous a fait. Pour ce qu'elle m'a fait, à moi.

— Non, mais j'ai hâte de savoir.

Les lèvres serrées, je lève mon visage vers la télévision afin de m'accorder un bonus de réflexion. Un reportage sur les randonnées en montagne défile à l'écran. Peut-être que j'aimerais ce genre d'activité. Marcher pour aller de l'avant. Me dépasser pour oublier. Me surpasser pour renaître. Balancer mes craintes dans un ravin et laisser tous les principes qui me pourrissent le quotidien au sommet. Vivre sans avoir peur de le faire réellement. Me dire « On n'a qu'une vie », et mettre enfin la théorie en pratique.

Je pointe la télé du doigt, et Tim suit mon geste avant d'éclater de rire.

— Tu veux te taper le GR 20 ?

Son hilarité me fait sourire. Les yeux toujours rivés sur le reportage, qui zoome à présent sur une exposition regroupant des artistes corses, je cherche la repartie parfaite lorsque mon cœur manque un battement, à moins qu'il s'arrête tout à fait.

J'ai l'impression de tomber dans un puits sans fond sans pouvoir me retenir. Tétanisée, je continue de fixer l'écran.

Je viens de croiser le regard de ma mère.

3

DEPUIS SA DISPARITION, j'ai souvent cru voir ma mère, notamment les premières années. Cela ne durait que quelques secondes, mais à chaque fois, mon corps se raidissait en pensant la reconnaître. La plupart du temps de dos, au milieu de la foule arpentant une rue, ou encore à la caisse d'un supermarché, chez le fleuriste, voire dans l'attitude d'une SDF appuyée contre le mur d'une épicerie. Tout était possible, en définitive. Elle aurait pu se trouver n'importe où. Cependant, dès que je croisais le regard de celles qui avaient permis au doute de s'insinuer, l'espoir s'éteignait immédiatement.

Parfois, j'avais la douloureuse impression de me heurter à son reflet en passant devant un miroir. « On est des copies conformes, tu es ma mini moi », avait-elle l'habitude de s'extasier. Et en effet, on se ressemblait énormément. J'avais hérité de son nez aquilin, de ses épais cheveux châtains, de ses lèvres charnues, de ses yeux en amande, et même de ses minuscules lobes d'oreilles. Le seul détail qui nous différenciait venait de la couleur de nos iris, puisqu'à la loterie de la génétique, j'avais pris le vert de ceux de mon père.

Cependant, aujourd'hui, ce n'est pas moi ou une inconnue que j'ai vue. J'en mettrais ma main à couper. Le visage qui est apparu sur l'écran est bien celui de ma mère.

Les lèvres de Timothée s'agitent, mais j'ai beau me focaliser sur son profil, je n'entends qu'un puissant bourdonnement dans mes oreilles. Comme si un essaim d'abeilles s'escrimait dans mes tympans, équipé de marteaux piqueurs.

Il y a quinze ans, les policiers, par manque d'éléments suffisants pour ouvrir une enquête, ont rapidement conclu que ma mère avait disparu volontairement. Mais papa et moi n'avions pu nous résoudre à y croire. En tout cas, pas les premiers mois. Bien décidé à remuer ciel et terre pour la retrouver, mon père avait déposé une demande de recherche dans l'intérêt des familles, et lorsque cette dernière avait été refusée par le juge, il avait adhéré à une association d'aide pour les disparus et leurs proches. En parallèle, il diffusait autant d'avis de recherche que possible.

C'était devenu un job à plein temps, assorti de beaucoup d'heures supplémentaires. Il se rendait au travail avec l'unique ambition de coller des photos de sa femme et notre numéro de téléphone sur les pare-brise arrière des véhicules de location. Sa stratégie reposait sur l'idée que plus les voitures circuleraient, plus les probabilités de la retrouver augmenteraient. Ça aurait fait une super pub pour la télé, si cette histoire s'était soldée par des retrouvailles émues, comme celles filmées dans les aéroports. Mais ce n'était pas le cas. À moins que ma découverte du jour ne vienne rebattre les cartes ?

— Margaux, tu me fais flipper, s'inquiète Timothée. Cligne des yeux, parle, dis quelque chose. Tu veux que j'appelle un médecin ? Paul ?

À l'évocation de mon père, je trouve la force de refuser. Pas mon père. Surtout pas lui. Après des années à osciller entre l'espoir et le chagrin, à affronter les ragots et les regards en coin, il semble enfin avoir atteint une certaine forme de sérénité que je refuse de briser.

— Je veux bien de l'eau…

Aussitôt, Tim se précipite dans la cuisine et me rapporte à boire dans un gobelet en plastique. A-t-il peur que je tape une crise de nerfs et que j'envoie le verre s'exploser contre un mur ? Je dois avoir l'air d'une folle furieuse. Je le remercie d'un signe du menton et avale quelques gorgées, en tâchant d'analyser mes pensées. Qu'est-ce que j'éprouve, concrètement ? Du ressentiment ? De l'appréhension ? De la haine ? Un peu de tout ça, sûrement. Si les émotions étaient des couleurs, je ressentirais du marron foncé. Un mélange de rouge colère, de jaune espoir et de noir rancœur. Tout ce que je sais, c'est que marron foncé, ce n'est pas une jolie couleur.

Pendant d'interminables secondes, le silence s'impose dans mon studio container.

J'ai le sentiment d'être coincée dans le tambour d'une machine à laver. Cycle long, soixante degrés. Noyée, puis essorée. La force centrifuge me retient au canapé.

— Comment tu te sens ? Qu'est-ce qui s'est passé ?

Mon ami m'exhorte à parler, mais je voudrais qu'il visualise par lui-même. Je me suis probablement fourvoyée, ma lucidité doit me jouer des tours à l'approche de la date anniversaire. Une image valant mille mots, j'enclenche le replay de l'émission. Je fais défiler en accéléré les panoramas grandioses, les randonneurs extatiques, les vagues d'une mer turquoise et les ruelles d'un village paisible. Je ralentis lorsque la caméra pénètre dans une chapelle remplie de livres, dans laquelle sont également exposées des œuvres d'art. Le regard envahit de nouveau l'écran, et j'appuie sur pause. Mon sang, aussi marron foncé soit-il, coule plus vite dans mes veines. Il tambourine à mes tempes et dans mes poignets. Je scrute l'immense tableau, en plein centre de la télévision, sur lequel apparaît ma mère.

La couleur de cheveux est différente, la peau plus hâlée, le visage émacié. Mais je ne me trompe pas. Je ne peux pas me tromper. Pas cette fois.

— Waouh... Je comprends mieux, conclut Timothée, visiblement secoué, lui aussi.

Pas de : « Tu es sûre », ou de « Oui, ça lui ressemble. » Il l'a reconnue, comme moi. Je laisse passer un silence. Lorsque je reprends la parole, j'ai du mal à distinguer le ton rauque de ma propre voix.

— La Corse, sérieusement ? je lâche, caustique.

C'est un des rares endroits où personne n'a jamais croisé ma mère. Nous en avons reçu des appels, pourtant. Des témoins qui juraient l'avoir aperçue à Paris, Marseille, Nantes ou Nice, dans un train ou sur le quai d'une gare. Dans tant de lieux en même temps que j'en venais à me demander si elle s'était volatilisée ou clonée. Mais en Corse, jamais.

La mâchoire de mon meilleur ami se contracte, et je sens qu'il marche sur des œufs.

— C'est seulement une peinture, peut-être qu'elle n'y a jamais vécu.

— Ou qu'il ne s'agit même pas d'elle, je rétorque en m'efforçant de m'en convaincre, avant de revenir à l'écran figé.

Mon ami marque une hésitation, puis sa spontanéité revient au galop :

— Margaux, je sais que tu ne veux plus parler d'elle, que tout ça appartient à ton passé... Mais, si tu avais un moyen de vérifier, est-ce que tu t'en sentirais capable ?

Je rejette la tête en arrière contre le dossier du canapé. Après des années à vivre comme si ma mère n'existait pas, me remémorer cette période à haute voix me paraît irréel. Pourtant, je me lance :

— J'ai déjà dû me poser un milliard de fois cette question sans obtenir de réponse satisfaisante. Au début... oui, évidemment, c'est ce qui m'aidait à tenir. Quand on ne savait pas... tu vois.

Timothée m'encourage à poursuivre d'un sourire.

— À cette époque, j'aurais pu écrire cinquante-six histoires différentes sur ce qui lui était arrivé et sur nos retrouvailles, j'explique, amère, en me rappelant ces nuits à fixer le plafond sans trouver le sommeil. Je te jure, Netflix m'aurait engagée direct comme scénariste, s'ils avaient pu visualiser la pagaille de mon cerveau.

— Du genre ?

— Par exemple, elle était tombée dans un ravin et était devenue amnésique, mais me voir lui rendait la mémoire. Ou bien, après son enlèvement, elle était parvenue à se libérer des chaînes qui la maintenaient prisonnière pour me rejoindre. Ou encore, sa mission ultra-secrète d'agent infiltrée ne lui avait pas permis de me dire au revoir, mais elle n'avait pensé qu'à moi, dans sa planque à l'autre bout du monde. Elle tenait toujours le beau rôle, et surtout, elle tenait toujours à moi.

Timothée se rapproche de moi sur le canapé, et sa chaleur me réconforte.

— Tu ne m'en as jamais parlé... murmure-t-il.

J'essaie de dédramatiser par un trait d'humour.

— Oh, ça n'a duré qu'environ cent quarante-huit jours.

Il se contente d'une moue d'incompréhension. Ma blague est tombée à plat.

Jusqu'à ce cent quarante-huitième jour, je comptabilisais l'absence de ma mère sur une feuille planquée sous mes classeurs. Quatre bâtons droits, un cinquième en diagonale sur les premiers. Comme si j'avais échoué sur une île déserte. « Un seul être vous manque, et tout est dépeuplé », écrivait Lamartine, et cette citation me semblait avoir été inspirée par ma famille.

— Cent quarante-huit jours ?

— Jusqu'à la visite de l'association.

Je me souviens de l'espoir qui nous consumait, et de la secousse ressentie. Au départ, la bénévole de l'ARPD, l'association d'Assistance et de recherche de personnes disparues, nous avait servi le même laïus que les policiers : « En droit français, toute personne majeure et saine d'esprit est libre de disparaître, et peut légalement refuser, si on la retrouve, de communiquer son adresse à ses proches. » Ce n'était que du charabia pour moi, des phrases toutes faites. Nous n'étions pas concernés, n'est-ce pas ? Il s'agissait d'une introduction obligatoire, pas vrai ? Malheureusement, non. Son explication théorique terminée, elle avait arraché le pansement qui protégeait nos illusions d'un coup sec. Quelqu'un de l'association avait rencontré ma mère. Vivante, en bonne santé, saine d'esprit, bien que surprise d'être interpellée ainsi. Selon la bénévole, elle n'avait pas fui par « désamour » de sa famille, mais par une sorte d'instinct de survie. En conclusion, elle ne voulait pas nous contacter, parce que c'était « trop dur pour elle ». Comme si de notre côté, nous traversions cette épreuve les doigts dans le nez en dansant la Carioca après le dîner.

— Et à ce moment-là, tu as arrêté ? me relance Timothée.

Il me faut quelques secondes pour me remémorer la question initiale. Ai-je envie de vérifier que c'est elle, de découvrir son existence actuelle, alors qu'elle ne nous a jamais donné ne serait-ce qu'un signe de vie en quinze ans ?

— Oui. Ce jour a marqué ma décision de la bannir purement et simplement de mon existence. La bénévole a eu beau nous laisser entendre qu'elle changerait peut-être d'avis, qu'il fallait lui laisser la porte ouverte, que ce genre de situation s'était déjà vue, particulièrement chez les mères de famille, j'ai préféré cesser de l'envisager. J'ai cadenassé mes doutes et mes espoirs. Accepter cet avenir en forme de point d'interrogation était trop douloureux. Que ma mère ait le droit de nous rayer de sa vie alors que nous, nous n'en avions aucun, si ce n'est celui d'y croire encore, c'était inhumain.

Après le passage de la bénévole, l'ambiance avait changé, à la maison. Ses révélations avaient amorcé une nouvelle ère. Une période où, après toute l'agitation, nous n'avions plus rien à faire que de nous demander si elle franchirait la porte aujourd'hui ou jamais. Une phase d'abattement et de désœuvrement. De remise en question, aussi : quel crime avions-nous commis pour qu'elle nous abandonne ? Était-ce nous qu'elle quittait, ou un quotidien trop difficile à endurer ? Dissimulait-elle des secrets inavouables, ou bien ne pouvait-elle juste plus nous supporter ? Finalement, cette phase était pire que la précédente. Mes scénarios optimistes à tendance utopiques s'étaient transformés en cauchemars où je croisais ma mère qui, sans même me reconnaître, s'éloignait avec sa nouvelle famille.

Ai-je envie de vivre ça en vrai ? Non. Mille fois non.

— Mais en la retrouvant, tu pourrais obtenir des éclaircissements, s'aventure faiblement Timothée, comme s'il lisait dans mes pensées.

Il n'a pas tort. Pour l'avoir expérimenté pendant quinze ans, je connais la pire souffrance de ma vie : ne pas savoir. Conserver une liste entière de questions sans réponse. Vivre dans l'ignorance. Est-ce que partir sur les traces du portrait affiché dans cette exposition en Corse pourrait me permettre de découvrir la vérité, et, enfin, une forme de paix ?

Je relève les yeux vers Tim, et je murmure :

— C'est ça que je veux, pour mon anniversaire.

— Ça quoi ?

— Une certitude.

19 février 2009

Assise sur un muret, les pieds dans le vide, le regard figé sur l'horizon, je contemple le ciel qui se pare de ses dernières couleurs d'hiver tandis que le soleil file à l'assaut des vagues. Tout à coup, je la ressens, au plus profond de moi, cette plénitude après laquelle j'ai si longtemps couru. Je me suis trouvée. Aucune autre issue possible n'existait, en fin de compte. Ici et maintenant, je suis entière.

Des frissons me parcourent le dos.

Enfin, j'ai compris ma place sur cette terre.

Toutes ces errances n'avaient d'autre ambition que de me mener jusqu'à ce village perché sur la falaise et surplombant la mer. Dans ce lieu béni où flâner représente un art de vivre. Où le temps ne passe pas à la même vitesse qu'ailleurs. Il n'avance pas au rythme agaçant d'une trotteuse sur l'horloge. Il se laisse observer avec le soleil qui se lève derrière les montagnes et qui se couche dans la mer. Les saisons lui imposent sa cadence. L'été, il s'étire, et l'hiver, il se rétracte dès que le crépuscule commence à obscurcir le maquis. Mais le temps, ici, est un ami. Il apaise, il réconcilie, il réconforte. Il est capable de panser mes plaies, de me guérir du passé et de moi-même.

Lorsque je suis arrivée, il y a cinq mois, je ressemblais à ces puzzles que je m'évertuais à terminer auparavant. En mille morceaux éparpillés. Je ne représentais rien. Et voilà que je suis totalement reconstituée.

Toute ma reconnaissance va à Lina, pour m'avoir incitée à la retrouver.

Elle seule, avec ce lieu, détenait le pouvoir de me rassembler.

Je lui ai accordé ma confiance aveugle la première fois qu'elle m'a sauvée, il y a fort longtemps. Depuis, elle est la seule à pouvoir ériger un mur entre les souffrances et moi. Ce don a intensifié le lien qui nous unit, le rendant indéfectible. Au-delà de toute communication.

Évidemment, après toutes ces années, il a fallu quelque temps pour nous réadapter l'une à l'autre, mais nous y sommes parvenues.

Elle m'a accueillie dans cette grande maison nichée sur les hauteurs de l'île, que nous partageons désormais avec Jéromina, une vieille femme au visage buriné qu'elle appelle Nanna.

Elle a repris les choses en main, m'a délivrée de toutes les charges qui m'incombaient, comme ce matin, lorsque cette femme, venue de je ne sais où, m'a demandé des explications sur ma disparition. Alors que je me liquéfiais, Lina m'a rassurée, puis elle a pris la parole pour moi. Elle m'a protégée. Comme elle le fera toujours, a-t-elle promis.

Résultat, je renais. Les migraines qui jadis me clouaient sur place se sont estompées, le poids qui lestait mes épaules et comprimait mon cœur s'est envolé.

J'ai le sentiment, ô combien libérateur, d'avoir largué les fantômes qui me hantaient sur le quai de la gare, et d'être montée dans un train en direction de ma nouvelle vie.

Je suis en paix.

Chaque jour, je laisse mes pas me mener où bon leur semble. Je cueille des fleurs, je m'imprègne des odeurs, je me nourris des paysages. Je ne croise personne d'autre que mon ombre. La beauté de l'île m'inspire. Je dessine, j'écris, je peins, je coupe, je colle. Je crée.

Je n'ai plus à prendre de décisions, à m'inquiéter du passé ou de l'avenir. Lina s'occupe de tout ce qui me faisait tomber. Je n'ai plus à me soucier de ce que les autres peuvent penser de moi. Elle gère. Il me suffit d'être moi-même, et c'est une libération. Un miracle.

Dire qu'il n'y avait qu'à venir ici pour enfin vivre.

4

La sonnerie de mon portable m'extirpe brutalement des quelques minutes de sommeil que j'essayais de voler à une nuit d'insomnie.

Sur l'écran, la photo de ma sœur s'affiche. Je décroche en visio, l'angoisse agrippée au ventre.

— Tout va bien, Célia ?

— Bah oui pourquoi ? lâche-t-elle avec une nonchalance caractéristique de l'adolescence.

— Parce qu'il est 8 heures. T'es pas censée être en classe ?

— Le prof de maths est absent et mes potes sont pas arrivés. Et toi, ça va ?

Je respire mieux, jusqu'à ce qu'une autre source de stress jaillisse dans mon esprit. Notre fin de soirée de la veille, avec Timothée, me revient en mémoire.

— Non. Oui. Je…

— Quoi ? T'as une voix hyper moisie, qu'est-ce qui se passe ?

— J'ai réservé deux billets pour la Corse sur un coup de tête, je grimace, me rendant tout à coup compte de l'incongruité de la situation.

L'étonnement de Célia, lui, fait trembler mes tympans.

— *What* ? Attends, mais c'est génial ! Tu pars avec qui ?

— Avec Tim… On décolle après-demain. J'ai envoyé un mail à l'agence d'intérim pour les informer que je ne serais pas disponible pendant quinze jours.

— Eh bien… Dire que d'habitude, même pour choisir une paire de chaussures, tu cogites pendant mille ans…

— Justement, j'aurais mieux fait de m'abstenir.

— Pourquoi ? T'étais bourrée ?

— Pas du tout, mais… j'ai pas réfléchi. Sur le coup, je l'ai vu comme ma seule option, mais finalement, il s'agissait sans doute d'une erreur.

— Comment ça ? Partir en vacances ne peut que te faire du bien.

— Ce n'est pas exactement ce que tu crois.

— Et qu'est-ce que je crois ? demande-t-elle avant d'écarquiller les yeux. Attends… me dis pas que tu sors avec Tim ?

Je ressens un petit pincement du côté du cœur. Si avant la disparition de ma mère, j'étais persuadée que notre amitié se transformerait en un amour digne d'un conte de fées, après cette date fatidique, prisonnière de ma peine et des responsabilités qui me sont tombées dessus, j'ai mis de côté mes sentiments naissants, et n'ai jamais osé les lui révéler. Il n'y a plus que ma sœur pour imaginer que nous finirons un jour ensemble.

— Mais non voyons ! Bon. Je t'explique, mais tu me jures de rien dire à papa tant que je ne l'ai pas préparé, OK ?

Elle promet, main sur la poitrine, tandis que je cherche mes mots :

— Hier, je suis tombée sur un reportage qui pourrait me mettre sur la piste de maman.

Je vois son excitation s'émousser, et son regard s'assombrir.

— Célia ?

— Ouais, je t'écoute, maugrée-t-elle entre ses dents.

— Qu'est-ce que ça te fait ?

— Franchement ? À moi, pas grand-chose. Toi, t'as vécu avec elle. Moi, je ne l'ai jamais connue. Celle qui a rempli le rôle de mère, c'est toi. Donc, si tu la retrouvais, je n'aurais rien à lui dire. Pour moi, elle n'est qu'une photo dans un album qu'on ne regarde jamais.

Je ferme les paupières. Un, deux, trois. Qu'est-ce qui m'a pris, franchement ? Notre famille fonctionne correctement, ainsi. Nous avons trouvé un équilibre. Nous avons fait notre deuil, du moins en apparence. Et ce reportage vient le piétiner, remettre en question l'apaisement durement acquis.

Ma sœur doit voir ma mine attristée, parce qu'elle reprend, plus doucement :

— Déso, je voulais pas te faire de la peine. Si tu veux te lancer à sa poursuite, ou un truc du genre, alors fonce. Ne te soucie pas de notre avis, à papa ou moi, OK ?

Je ravale ma salive, incapable de déterminer ce qu'il convient de faire.

— Ne t'excuse pas. Je me suis sans doute emballée… Je suis complètement paumée.

Un sourire naît sur son adorable minois, signe qu'une idée est en train de germer.

— T'as tiré ta carte ?

À Noël dernier, ma sœur m'a offert une sorte d'oracle accessible aux débutants, l'*Oracle des Jours*

Heureux. Il me suffit de piocher une carte censée me donner une motivation, un encouragement. J'ai cru que la boîte allait prendre la poussière sur une étagère, mais contre toute attente, j'ai pris goût à ma prédiction quotidienne, que j'envoie à Célia par WhatsApp en guise de « bonjour ». C'est certainement puéril, et je m'en fiche : c'est devenu mon *Fortune Cookie* du matin.

— Pas encore non, je réponds en me rendant dans la cuisine.

Mon téléphone posé en équilibre contre une tasse, je mélange le paquet et m'empare d'une carte au hasard.

— Alors ?

Je découvre le message en même temps que je lui lis :

— « Plonger dans le passé peut parfois réparer le présent. »

Mon souffle se coupe, tandis qu'elle jubile :

— T'as vu, c'est grave un signe ! Les cartes ne se trompent JAMAIS ! Et puis, ce sera l'occasion de passer des moments privilégiés avec Tim. Qui sait, vous allez peut-être enfin réaliser que vous êtes faits l'un pour l'autre !

— Ne dis pas n'importe quoi, je riposte vivement.

— Oh, vas-y, laisse-moi rêver, s'emballe ma sœur. Une plage de sable fin, la *golden hour*, une déclaration d'amour… *so romantic* ! Bon, par contre, avant, va falloir que tu préviennes papa que tu pars. Comment tu comptes lui annoncer ?

— Aucune idée.

En raccrochant, quelques minutes plus tard, je me pose encore la question, quand je reçois un SMS de Timothée.

« Besoin de toi. 14 h à la cafèt' ? »

Si le ton du message peut sembler anodin, je pressens une gravité inhabituelle dans l'économie de mots employés. Je me creuse les méninges. Que peut-il bien avoir à me dire ? Hier, après avoir acheté nos billets d'avion dans un élan de spontanéité qui se rapproche plus de l'inconscience, nous avons répertorié les détails à régler, les investigations à mener, les lieux à visiter. Nous avons découvert l'adresse de l'exposition dans un village nommé Luri, et une liste non exhaustive des artistes qui y sont présentés, tous installés au cap Corse. Cette indication nous a convaincus de cibler nos explorations sur cette partie de l'île. Que peut-il avoir trouvé de plus ? Y a-t-il seulement un rapport avec notre voyage ? Mon estomac se tord. Cependant, j'envoie un pouce en l'air, bien décidée à ne pas laisser transparaître mon inquiétude.

Plus facile à dire qu'à faire. Je termine la matinée en échafaudant mille scénarios différents.

Puis, vient l'heure du déjeuner. Le lundi, papa ne travaille pas, alors il nous prépare un plat de restes du week-end. Je toque à la porte, et ouvre dans la foulée. Nos habitudes sont bien rodées. Je sais où le trouver et à quoi il est occupé.

Avant de franchir le seuil de son bureau, je m'arrête un instant pour l'observer. Absorbé par son puzzle, il ne m'a pas entendue arriver. Cette passion, c'est ce qui lui a maintenu la tête hors de l'eau. Lui qui se moquait de maman dès qu'elle achetait une nouvelle boîte, après son départ, il y a mis toute sa ferveur. Il devait s'imaginer qu'en imbriquant toutes les pièces du paysage, la solution s'offrirait à lui. Qu'en composant entièrement la plage paradisiaque étalée en des milliers de morceaux, sa femme reviendrait. C'est ainsi que le fringant directeur d'agence s'est transformé en maniaco-dépressif du puzzle.

Pour l'heure, ses lunettes sont juchées sur le sommet de son crâne, qui se dégarnit sur les côtés. Sa barbe, qu'il a laissée pousser par négligence, mais qu'il n'a jamais rasée parce qu'on le trouvait beau, vire plus au sel qu'au poivre, dorénavant. Physiquement, il commence vraiment à accuser ses cinquante-deux printemps. Son attitude, en revanche, confère plus à celle d'un élève de maternelle qui s'applique à écrire son prénom sans inverser aucune lettre. Je m'amuse à deviner son prochain geste, pariant avec moi-même qu'il va passer la main au-dessus de toutes les pièces en agitant les doigts, comme pour les aimanter et attirer le morceau qu'il cherche. Gagné, mais ce n'était pas compliqué. Je connais tout de ses manières, de sa façon de se mouvoir, de ses tics de langage. Le bien-être que lui procure le fait d'enlever ses chaussures en rentrant du travail. Son habitude d'entrouvrir les lèvres et de les refermer avant de parler. Le bruit de sa langue qui claque contre son palais quand il réfléchit.

Je sais tous ces détails dans la mesure où j'ai beaucoup veillé sur lui, et aussi très certainement parce que j'ai côtoyé ses failles, sa vulnérabilité. On ne connaît véritablement les gens que lorsqu'on a accès à tous les aspects de leur personnalité. Et si quelqu'un en a bavé, c'est bien lui.

Au-delà de sa peine et de sa culpabilité, il a dû supporter les commères du quartier, qui n'ont pas attendu longtemps pour le placer sur le banc des accusés. On ne pouvait pas sortir de chez nous sans subir de plein fouet la curiosité pernicieuse et les messes basses. Les regards qui nous étaient destinés, à ma sœur et moi, étaient remplis de compassion, de pitié. « Les pauvres petites » était devenu notre surnom. « Les filles du monstre », également. Mon père serrait les dents tandis que les rumeurs couraient, se faufilaient dans les conversations, enflaient et se déformaient. Leur point de départ à toutes laissait entendre qu'une maman ne disparaît pas subitement, qu'elle était sans doute plus proche qu'on le pensait. Six pieds sous terre au fond de notre jardin, au milieu d'une décharge publique, ou dans le congélateur, selon les versions. C'était aussi infondé qu'abject, mais concrètement, c'était surtout humain. Je l'ai compris plus tard, quand j'ai pu avoir le recul nécessaire. Lorsqu'une femme s'évanouit dans la nature, son compagnon est immédiatement pointé du doigt, et dans la grande majorité des cas, à juste titre. Alors, ils n'étaient pas nombreux, ceux qui acceptaient de croire que mon père pouvait incarner l'exception qui confirme la règle. La présomption d'innocence, c'est joli en théorie, beaucoup moins dans une petite ville qui n'a pas grand-chose d'autre à se mettre sous la dent. Ces médisances nous avaient poussés à nous replier sur nous-mêmes, réduisant le nombre de personnes sur lesquelles nous pouvions véritablement compter. Elles m'ont également rendue méfiante, presque sauvage. Encore aujourd'hui, j'accorde très difficilement ma confiance.

Malgré tout, mon père, ma sœur et moi sommes restés soudés. Ensemble, on a tâtonné dans le noir pour trouver un interrupteur et ramener un peu de lumière.

J'angoisse à l'idée que mes paroles obscurcissent à nouveau notre paysage.

Mon père se détourne de son puzzle, et un chaleureux sourire éclaire son visage quand il me découvre dans l'encadrement de la porte.

Une immense bouffée d'amour m'envahit.

— Ça va ma petite chérie ? Il est midi ?

— Oui, mais ne t'inquiète pas, j'ai pris mon petit déj tard, je n'ai pas faim.

— Super, je vais continuer, dans ce cas.

— Tu fais quoi ?

— Le lac d'Annecy. C'est splendide, je te montrerai quand ce sera fini.

— Tu y es déjà allé, en vrai ?

Mon père marque une seconde d'hésitation. Elle pourrait passer inaperçue, mais la vérité qui se cache dans ce minuscule flottement, c'est le regret. Nous n'avons plus bougé d'ici depuis mon adolescence. On a vécu de nombreux moments doux, pleins de rires et de joie, parce qu'on ne peut décemment pas vivre dans la tristesse pour l'éternité. Surtout avec Célia qui faisait le clown en permanence, sans doute justement pour alléger l'atmosphère. Mon père nous a inventé un autre quotidien. Pendant tout un été, quand Célia était gamine, ils ont même campé dans le jardin. Mais le reste du temps, il s'est emprisonné dans cette maison. « Au cas où », comme il le répète à tout bout de champ. Il ne finissait pas sa phrase, mais je connaissais la suite. Au cas où le téléphone sonne. Au cas où elle revienne. Pour ne pas sombrer, mon père est devenu un aficionado du puzzle et un adepte du « au cas où ». À un moment donné, il s'est probablement dit qu'il fallait arrêter, mais la force de l'habitude pesait plus lourd que la décision dans la balance.

— J'aurais adoré, mais non, jamais. En revanche, bientôt, il sera accroché dans le salon, alors je passerai devant tous les jours !

Ce sont des moments comme celui-ci qui blessent le plus. Ceux où je réalise que tous les lieux qu'il aurait aimé visiter, il les a d'abord vus en morceaux, avant de les reconstituer en carton. Je préfère changer de discussion.

— Et sinon, comment ça avance, chez les fanas de puzzles ?

Il rougit tout à coup.

— Bien. D'ailleurs, je ne pourrai pas manger avec toi, jeudi. Karine m'a invité à dîner chez elle, pour préparer le plan du puzzle géant. Enfin, si ça t'ennuie, je peux annuler.

Je rêve ou il ressemble à un collégien qui a son premier béguin ?

Il y a huit ans, grâce à un projet sur les passe-temps mené dans la classe de Célia, il a apporté plusieurs boîtes de puzzles à l'école et a conduit quelques séances pour montrer aux élèves les bienfaits de cette activité. L'enseignant a adoré ce moment, et de fil en aiguille, a épaulé mon père pour fonder un club. Une dizaine de passionnés se regroupent désormais chaque mardi et jeudi dans une salle prêtée par la mairie. Mais ils ne se sont pas arrêtés là. Ils ont dégoté un puzzle géant dans une brocante, une espèce de mastodonte de trente mille et quelques pièces représentant des animaux sauvages, qui devrait mesurer dans les six mètres de long une fois reconstitué. Et plutôt que de le construire dans leur coin, ils ont proposé à quelques classes de collège et à un Ehpad de le construire avec eux. Ce projet collaboratif ambitieux nécessite cependant de la préparation, et Karine, une quinquagénaire divorcée, membre de l'association depuis quelques mois, s'y est beaucoup investie, ce qui enchante mon père à plus d'un égard, apparemment.

Papa n'a jamais fréquenté quelqu'un d'autre. Soit il attendait sa femme, soit il avait trop honte et se sentait trop coupable pour aborder qui que ce soit. De toute façon, les nouvelles venues étaient vite mises au parfum : l'épouse de cet homme s'était volatilisée, méfiance ! Jusqu'à Karine, qui semble se moquer des qu'en-dira-t-on, à moins qu'ils aient fini par cesser. Évidemment, j'espère de tout mon cœur qu'il trouvera le bonheur.

Je ravale mon aveu en comprenant que si je lui parle de ma mère et de ma décision de la retrouver, cela risque de réduire à néant tous les progrès réalisés. Dînerait-il avec Karine si je lui confiais ma découverte et mes projets ? Non. Définitivement, c'est une mauvaise idée.

5

À L'HEURE CONVENUE, je me dirige vers la cafétéria du centre commercial qui nous sert de QG, à Tim et moi, depuis qu'il travaille dans la zone. Ces dernières années, de nombreux bars à l'ambiance bien plus intimiste ont ouvert, mais j'apprécie nos habitudes. Plus généralement, j'aime que mon environnement soit gravé dans le marbre. Qu'il n'évolue pas, ou en tout cas pas trop vite. Je trouve ma sérénité dans les rituels que je me suis créés. Me lever à la même heure chaque matin. M'octroyer quelques minutes pour boire un thé en écoutant des podcasts, et noter les statistiques ou les faits insolites, mon petit plaisir coupable. Aller courir sur une machine à la salle de sport. Vaporiser deux gouttes de parfum derrière mes oreilles, le même depuis l'adolescence. Déjeuner avec mon père. Repérer chaque jour, au milieu des inconnus, des visages familiers, sans chercher à les connaître, mais simplement savoir qu'ils font partie du paysage. Comme la boulangère, pimpante dès 6 heures du matin, qui s'exprime sur le même ton que la voix off d'un reportage, avec l'intonation qui remonte en fin de phrase.

Définitivement, j'ai mille ans.

Timothée est déjà attablé devant mon rooibos favori. Il se lève en me voyant approcher, m'embrasse sur le haut du front, et se rassoit en me fixant. Sa mine n'augure rien de bon.

— Tu ne peux pas venir avec moi en Corse ? je demande en m'installant.

Il lève un regard interrogateur vers moi.

— Bien sûr que si. Ce matin, j'ai discuté avec Antoine et Jeoffrey, ils vont s'occuper de la boutique pendant mon absence. Il me faudra simplement traiter quelques mails de temps en temps.

Si je n'ai pas fait d'études et que depuis l'obtention de mon bac, je suis intérimaire, Timothée, lui, a embrassé le métier de ses rêves. Adolescent, il a découvert le concept du jeu d'évasion, né au Japon, et a conclu que s'il n'importait pas lui-même le principe en France, il suivrait de peu. Il a bûché, a voyagé jusqu'en Pologne pour tester par lui-même, a commencé à traîner sur les forums pour créer ses propres scénarios. Aujourd'hui, son entreprise, florissante, possède trois salles différentes. Les décors y sont fabuleux, et je ne le pense pas uniquement parce que je l'aide à chiner dans des brocantes chaque détail de ses mises en scène.

— Et Cindy, elle n'y voit pas d'inconvénient ? Tu lui en as parlé ?

Il balaie l'air d'un mouvement de main.

— T'inquiète.

— OK. Alors, quel est le problème ? J'ai eu l'impression que tu me convoquais.

— Eh bien... comme je te connais par cœur, j'ai pensé que, après avoir pris les billets d'avion, tu allais peser le pour et le contre, et que tu ferais probablement machine arrière.

— Pas du tout, je...

— Margaux, je me trompe ?

Je lève les yeux au ciel et lui confie mes tiraillements :

— En fait, il y a deux choses qu'on n'a pas évoquées. C'est bien beau de nous improviser détectives, mais d'abord, rien ne nous certifie qu'il s'agit vraiment d'elle. J'ai écouté un podcast sur les sosies qui existent à travers le monde, c'est une possibilité !

Un sourire moqueur étire ses traits. Tim me charrie régulièrement sur mon penchant à débiter les anecdotes que je collectionne comme d'autres accumulent des timbres ou des boules à neige.

— C'est quand même peu probable.

— Soit, je concède sans m'avouer vaincue pour autant. Mais même si c'est elle, rien ne nous assure qu'elle vit en Corse. Prendre l'avion, parcourir des kilomètres et ne rien trouver me ferait revivre les sombres heures où j'espérais pour rien. Je ne suis pas sûre d'être assez forte pour le supporter.

— Pas si on est ensemble. Si jamais nos recherches ne nous mènent nulle part, on pourra toujours profiter du bon air de la Corse.

Je lui offre une grimace peu convaincue.

— Mais j'ai aussi peur que... qu'on la retrouve et qu'elle ne veuille pas me parler. Que remuer le passé n'apporte rien de positif pour l'avenir, tu vois ?

— Parfaitement. C'est d'ailleurs pour contrer cet argument que je t'ai « convoquée », comme tu dis. Pour te présenter quelqu'un qui... a fait comme ta mère.

— Pardon ?

J'ai la sensation que mon visage vient de se vider de son sang. Mes mains sont engourdies, elles pèsent une tonne.

— J'ai pensé que, avant notre départ, cette rencontre pouvait s'avérer intéressante.

— Intéressante ?

— Écoute, jusqu'à hier, tu refusais de parler de ta mère, et j'acceptais ce pacte tacite. Mais étant donné les circonstances, j'ai pensé que quitte à ouvrir la boîte de Pandore, autant y aller franchement.

— En me mettant au pied du mur ?

— Tu serais venue, sinon ?

Il marque un point. Je pèse le pour et le contre. Est-il judicieux de rencontrer cette femme, alors que je m'apprête à m'engager sur les traces de ma mère ? Je n'arrive pas à déterminer l'utilité de cette entrevue.

— Mais d'où tu la connais ?

Tim cligne des yeux et l'espace d'une seconde, il me semble qu'il s'apprête à me mentir. Pourtant, sa réponse paraît tout à fait plausible :

— Elle travaille dans le centre commercial, donc on se côtoie régulièrement.

— Et elle a accepté de me parler, au pied levé ?

— Je lui ai expliqué ton histoire dans les grandes lignes, et lui ai confié qu'on se trouvait à un tournant. Elle parle de sa disparition avec beaucoup de lucidité, alors t'entretenir avec elle peut s'avérer bénéfique.

Qu'est-ce que je risque, après tout ? Si l'écouter m'oppresse, je pourrais l'interrompre, n'est-ce pas ?

J'en arrive à cette conclusion, lorsqu'une femme se poste devant nous, me laissant à peine le temps de contracter les muscles de mon visage pour offrir l'apparence d'un sourire, aussi crispé soit-il.

— Timothée, je suis ravie de te voir. Et vous devez être Margaux ? Enchantée.

Elle me tend une poignée de main solide. Ah, les miennes peuvent bouger, voilà déjà une bonne nouvelle.

La quarantaine élégante, son visage doux et avenant inspire la confiance.

Je me force à respirer normalement. Un, deux, trois.

— Margaux, voici Marie-Line, me présente Timothée, l'air nerveux.

— Pas comme Monroe, rit-elle en s'asseyant. Comme Marie-Jacqueline, ça sonne moins américain et plus messe du dimanche matin, mais mon surnom fait l'affaire.

— Marie-Line gère la bijouterie en face de la cafèt', précise mon ami. Elle est revenue il y a huit ans, après trois ans d'absence.

Elle s'esclaffe, comme s'il venait de sortir une bonne blague.

— Trois ans d'absence, vous vous rendez compte ? Ça fait long pour des vacances !

J'apprécie sa façon d'essayer de détendre l'ambiance et de me mettre à l'aise, mais maintenant qu'elle se trouve devant moi, je préfère aller droit au but :

— Qu'est-ce qui vous a poussée à partir ? Est-ce quelque chose, ou quelqu'un ?

La mine de Marie-Line se fait plus grave.

— Moi, uniquement moi. Je m'étais égarée, et je ne me supportais plus. J'avais choisi un chemin qui menait dans une impasse, et j'étouffais. Et puis j'ai ressenti une pulsion. Le genre de pulsion que tout le monde peut éprouver, comme quand on tient le volant d'une voiture et qu'on s'imagine soudain le tourner subitement, vous voyez ?

On hoche la tête, suspendus à ses lèvres, tandis qu'elle reprend.

— Des études ont montré l'intérêt de ces pulsions, dans la mesure où elles permettent à notre cerveau d'évacuer nos peurs. En tout cas, si on ne les écoute pas. Moi, je ne me suis pas contentée de l'éprouver, je lui ai obéi et je suis partie.

Cette phrase résonne en moi. Parmi mes plus sourdes angoisses, celle qu'il existe une sorte de gène de la disparition apparaît tout en haut du classement. Les peurs sont saines, la majorité des pulsions aussi. Mais parfois, elles sont suivies d'actes. Pourquoi ? Et de fait, comment l'éviter à tout prix ?

— Comment avez-vous sauté le pas ?

— Je pense que la pulsion a été plus puissante que tout. Pour vous donner une image, imaginez-vous plonger en apnée au fond d'une piscine. Tout à coup, la respiration vous manque. Afin de ne pas mourir noyée, la seule solution est de pousser le fond du bout des pieds, de prendre une impulsion et de fendre la surface de l'eau. Pour enfin, respirer. Voilà ce que c'est, disparaître, au premier abord.

— Vous y aviez déjà pensé avant ?

— Comme tout le monde, je crois, mais sans jamais passer à l'action. Jusqu'à cette énième dispute avec mon copain qui a provoqué mon départ, mais la pulsion n'est pas venue de là. En réalité, il s'agissait de l'accumulation de nombreuses tensions ou frustrations que je n'étais pas parvenue à exprimer et qui ont fait exploser ma cocotte-minute intérieure.

— Cette dispute ou une autre, ç'aurait été pareil, donc, intervient Tim.

— Tout à fait. Même si au départ, je n'en ai pas eu conscience, je ne suis partie à cause de personne, mais pour moi. Je me sentais contrainte, submergée, sans jamais réussir à mettre la bonne distance avec les autres. Et j'ai estimé, à tort, que dans un cadre nouveau, il me serait plus facile de prendre mon destin en main. Mais tout cela, je ne l'ai analysé que plus tard, en rentrant, après avoir rempli le compte en banque de mon psy, plaisante-t-elle.

Mes doigts s'activent à déchirer le sous-bock qui traînait sur la table, et même mon père aurait du mal à reconstituer l'original. Je transpose chacun des mots qu'elle prononce à la disparition de ma mère, bien que rien ne soit comparable. Chaque histoire, chaque douleur est différente. Chaque passé aussi. Quel a été celui de ma mère ? Je réalise avec stupeur que je n'en ai pas la moindre idée. Lorsqu'on connaît les gens depuis toujours, on ne s'intéresse pas à leur passé, puisque seul le présent importe. Mais ma mère était déjà adulte au moment de ma naissance, j'ai donc forcément loupé quelques années.

Sans réfléchir, je pose cette question qui me brûle les lèvres :

— Qu'est-ce qui vous a poussée à revenir ?

Son regard se perd sur le parking derrière la vitre de la cafétéria avant de revenir se planter dans le mien.

— Pas la même pulsion, si c'est ce à quoi tu penses. Je vais dire un truc terriblement cliché, mais partir est la partie la plus facile. Ça se joue en un claquement de doigts, en procurant un immense soulagement. On est convaincu que ce sont les autres qui ont disparu. Il y a la légèreté des débuts, où tout paraît plus simple parce que le cerveau est déchargé de toute responsabilité. Mais par la suite, on se rend compte qu'ici ou ailleurs, c'est du pareil au même. Et quand on finit par conclure que rentrer est la meilleure option, les complications surgissent. Parce que le plus difficile, en définitive, c'est de réapparaître. Même si j'en ai eu très envie, revenir m'obligeait à me confronter à la réalité, à mes erreurs, à mes manquements. À m'excuser auprès de mon entourage, que j'avais blessé. À me livrer sur mon absence. Et ces confessions me paraissaient impossibles. Y songer était déjà physiquement douloureux. Alors, le vivre ? Voilà pourquoi beaucoup renoncent, je crois, même s'ils se sentent englués dans leurs mensonges.

Du coin de l'œil, elle semble chercher une approbation dans l'attitude de Timothée.

— Et comment s'est passé le retour ?

— Je ne suis pas revenue par moi-même, grimace-t-elle. J'ai fait en sorte qu'on me retrouve. Je n'avais pas disparu très loin, en fait. J'étais simplement partie à Beauvais, dans l'anonymat d'une ville plus grande. Au lieu de me cacher, j'ai commencé à me montrer. Ça va paraître narcissique, mais j'avais envie qu'ils me cherchent. Les laisser me retrouver signifiait que c'était eux qui voulaient que je revienne, ce qui changeait les perspectives.

Marie-Line s'interrompt, les joues rosies. Elle regarde sa montre, puis Timothée.

— Je suis désolée, je vais devoir y aller. Je suis ravie de t'avoir rencontrée, Margaux. J'espère que tu découvriras tôt ou tard les raisons qui ont poussé ta maman à partir.

— Merci à vous, je dis, mais elle a déjà tourné les talons.

Je flotte dans un silence cotonneux. Et si les confidences de Marie-Line m'ont ébranlée, l'information que j'en retiens tient dans cette phrase qui titille mon émotion. *Les laisser me retrouver signifiait que c'était eux qui voulaient que je revienne, ce qui changeait les perspectives.*

J'ai soudainement du mal à avaler ma salive. Ma mère attend-elle depuis toutes ces années qu'on se batte pour la retrouver, alors que de notre côté, nous avons considéré qu'elle ne voulait pas qu'on essaie ?

5 octobre 2009

Les cloches de l'église valsent dans mes tympans. Des éclats de voix éclatent dans la ruelle. Un chien aboie au loin. La vie se fraie un chemin à coups de touches sonores. Le cauchemar dans lequel je plonge régulièrement se retire comme une vague venue mouiller la plage. Pendant ce furtif instant entre le sommeil et le réveil, je me rappelle. Il y a un an, j'ai quitté mon existence. Mon grand amour. Mes filles chéries. Ma maison. Mon identité. M'ont-ils cherchée ?

Que s'est-il passé ? J'ai à peine quelques souvenirs. Je pourrais les convoquer, évidemment, toutefois perdre la mémoire m'empêche d'endurer, encore et encore, le même supplice. Il est néanmoins évident, et je suis bien placée pour le savoir, qu'on n'oublie jamais rien ; on ne se rappelle plus, c'est tout. Pourtant, je crois qu'il faut que j'expulse les mots, au moins sur le papier, pour me libérer.

L'existence douce que j'avais recréée auprès de Paul et de Margaux a déraillé au moment de l'accouchement. Peu après qu'on a extrait Célia de mes entrailles, une boule de rage a pris sa place. Une spirale m'a fragmentée, broyée, mise en pièces.

Mon quotidien m'a semblé plus étouffant que jamais. Je luttais pour rester moi-même, la femme que Paul aimait, la mère de mes filles... m'épuisant pour atteindre cet unique objectif. Mais tout s'est accéléré jusqu'à éveiller, ou réveiller, ces pulsions au fond de moi. Et avec elles, les insomnies, les migraines, le vague à l'âme, les périodes de flou.

Mille fois, j'ai tenté de prononcer les mots qui m'auraient peut-être permis d'identifier les ombres qui m'assaillent, ces fragments de passé qui émergent et me fracassent. Mille fois, j'ai renoncé, manqué de courage. Les mots se collaient à mon palais, donnant un goût de papier mâché à tout ce que j'avalais. Me coupant l'appétit et l'envie.

Et puis le centre commercial, comme un point de départ, un point de non-retour.

Mon reflet dans la vitrine d'un magasin, ma silhouette superposée à celle du mannequin. Je nous ai confondues. Immobiles, mornes, mortes déjà.

Les idées noires ont surgi de toutes parts. L'obscurité allait m'engloutir, quand la lumière s'est allumée au bout du tunnel sombre, accompagnée d'une voix rassurante. « Cours. Pars, sans te retourner. »

Lâcheté, égoïsme ? Stupidité, folie ? Ou une façon d'agripper l'ultime lien qui me retenait encore à l'existence, de me soustraire à ce cocon mortifère, à ce linceul qui m'enveloppait vivante ?

J'ai obéi. J'ai fui.

Vite. Plus vite. J'avais le sentiment que quelqu'un qui était moi sans l'être tout à fait avait pris le volant de ma voiture, les rênes de ma vie. Que nous étions deux. Elle, la forte, qui maîtrisait. Et moi, la faible, la brisée, qui suivais. Elle était liberté. Je voulais lui ressembler. Ensemble, nous avons roulé jusqu'à la gare.

Monter dans un train. Voir le paysage et mon existence s'éloigner à toute vitesse par la vitre. Descendre. Changer de voie. Brouiller mes pistes jusqu'à ne plus rien maîtriser. Me laisser couler. Oublier. Trou noir.

Finalement, je suis arrivée à bon port. Sauvée. Je pouvais tout oublier.

Et je peux encore. Il le faut. Faire cesser les cauchemars. Si j'en parle à Lina, elle m'aidera.

6

« SOIS L'ARCHITECTE DE TON AVENIR. » C'est la citation de ma carte du matin, et l'air de rien, elle m'a donné un peu de motivation pour affronter la journée. Cela dit, j'aurais préféré un conseil sur la gestion du stress. J'étais tellement inquiète d'un éventuel retard que nous sommes arrivés à l'aéroport d'Orly avec deux heures et demie d'avance. Tim ne rate pas une occasion de se moquer de moi, mais sa présence m'apaise. Se diriger vers la bonne aérogare, gérer l'enregistrement sur un automate et l'impression du ticket à attacher sur la valise… Je me demande si des gens renoncent au voyage devant l'ampleur des tâches à accomplir. Pour nous, les dés sont jetés. Nos valises avalées par les bandes en caoutchouc d'un tapis roulant, nous n'avons plus qu'à attendre que le numéro de notre porte d'embarquement s'affiche. Tim en profite pour aller acheter un magazine, et je contemple l'effervescence qui fourmille autour de moi, tout en me disant que n'avoir jamais pris l'avion, à mon âge, est aberrant, mais à la fois une suite logique de la disparition de ma mère.

Il y a bien eu des projets, quand j'étais plus jeune, mais les vacances scolaires représentaient une grosse période à l'agence de location de voitures de mon père, et à l'époque, ma mère était très occupée, elle aussi. Enfant, j'étais persuadée qu'elle travaillait dans un magasin de vélos, étant donné qu'elle répétait régulièrement qu'elle avait la tête dans le guidon, alors que, en réalité, elle était intérimaire. Comme moi. Je réalise tout à coup. Comment cela a-t-il pu ne jamais me sauter à la figure ? Quand on me demande pourquoi je ne m'oriente pas vers autre chose, je réponds systématiquement que, malgré mon inclination pour la routine, les missions d'intérim me rassurent. Le contrat est clair. Tu viens, tu fais ce pour quoi tu es payé, tu rentres chez toi. Il n'y a pas de promesse d'embauche, aucune nécessité de se lier avec les collègues, pas de responsabilités. S'il me prenait l'envie furieuse de tout plaquer pour ouvrir un *food truck*, cela n'engendrerait aucune conséquence désastreuse, pour personne.

Ma grande préférence va au boulot à l'usine. Le travail à la chaîne offre de nombreux avantages, dont le plus essentiel à mon sens réside dans les automatismes : une fois que le corps et le cerveau se sont accordés et ont appréhendé les gestes, je n'ai plus à réfléchir. Je peux choisir de laisser mon esprit divaguer, ou ne penser à rien.

Mais peut-être que, en réalité, j'ai inconsciemment emprunté la même voie que ma mère.

Des vibrations dans la poche de mon sweat me sortent de mes réflexions. Sur mon téléphone, je découvre une myriade de messages de mon père sur notre groupe WhatsApp familial. Il n'est pas plus habitué que moi à voyager, mais, apparemment, il a entrepris une analyse approfondie, voire une thèse sur le sujet.

« Ne te mets pas au premier rang, au cas où. Bisous. »

« Ne te mets pas au dernier rang non plus, au cas où. Bisous. »

« Vérifie que tu as un masque à oxygène, au cas où. Bisous. »

« Évite de te lever pendant le voyage, au cas où. Bisous. »

« N'utilise SURTOUT PAS LES TOILETTES de l'avion, au cas où. Bisous. »

Je n'ai aucune idée de ce qui pourrait suivre les multiples « au cas où », mais je réagis d'un pouce en l'air, tout en essayant de repousser très loin dans mon esprit que je suis, d'une certaine façon, en train de le trahir.

Lui expliquer que sa casanière de fille allait prendre l'avion et passer quinze jours sur une île, sans lui révéler les motifs de ce séjour, n'a pas été une mince affaire. D'autant plus que la date de mon anniversaire, et donc de la disparition de ma mère, tombe pile au milieu de ce voyage, et que pour la première fois nous serons séparés. Sur son visage, j'ai vu passer l'étonnement, l'inquiétude, et la vaste étendue des catastrophes qui pouvaient talonner tous les « au cas où » de l'univers. Heureusement, Tim a su délivrer toutes ses craintes. Il a insisté sur le fait que je l'avais bien mérité. Mon père a acquiescé. Il m'a même semblé distinguer un sourire, légèrement peiné, mais un sourire quand même.

Mon cœur s'est fendillé quand il a dit « Tu reviens, hein ? » avec ce rire badin qui voulait enrober sa question dans de l'humour, bien qu'elle trahissait surtout sa plus grande peur. J'ai promis de toutes mes forces.

Un sentiment de malaise me poursuit dans l'aéroport. Je m'en veux de ne lui avoir rien avoué, tout en me convainquant que c'était la seule conduite à adopter. Ainsi, si nos recherches n'aboutissent pas, je ne l'aurai pas fait souffrir pour rien.

Je repère Timothée qui sort de chez le marchand de journaux, un magazine de sport sous le bras et un regard d'enfant excité sur le visage. Tim a déjà voyagé pourtant et je l'ai à de nombreuses reprises amené ou récupéré à l'aéroport. Mais pour la première fois, je vais continuer à le suivre après ces portes qui ne se sont jamais ouvertes devant moi.

J'ai l'impression de m'aventurer vers l'inconnu.

Tout a un goût de première fois, mais plutôt les premières fois insolites, quand on a du mal à déterminer si on aime ou si on déteste l'expérience. Cela me rappelle quand j'avais huit ou neuf ans et que j'avais été forcée de mettre un escargot dans ma bouche parce que « quand même, il faut goûter ».

Prendre l'avion, c'est comme avaler un escargot, mais l'épreuve dure beaucoup plus longtemps. J'espère que je n'aurai pas de haut-le-cœur.

Je tente de me détendre, bien qu'au fond de moi, je sois terrorisée, et ce sentiment s'amplifie dans l'espace étriqué de l'avion. Voilà venue l'étape du Tetris humain. Je m'efforce de caser mon sac, mes jambes et mes phobies, et enfin, je m'assois côté hublot. Je scrute l'aile immense de l'appareil avant de détourner le regard.

— Ma mère n'aurait pas pu se faire croquer le portrait par un artiste du Lubéron ou de la Creuse, franchement ? je rumine alors que Timothée finit de s'installer.

— Avoue que ça aurait été moins drôle, plaisante-t-il en prenant un selfie de nous deux pour me forcer à sourire, sans doute.

— Promets-moi qu'on ne va pas s'écraser.

— Promis, dit-il en me collant un casque antibruit sur les oreilles et un chewing-gum dans la bouche.

Je mâche comme si ma vie, ainsi que celle de tous les passagers, pilote et hôtesses de l'air inclus, en dépendait, tout en me répétant les chiffres que j'ai entendus dans un podcast avant le départ : les chances de mourir dans un avion sont de un sur plus de deux cent mille, et une fois dans les airs, on ne craint presque plus rien.

J'aime penser que grâce à ma mastication de compétition, l'avion finit, au bout d'une heure qui en a duré dix-huit selon moi, par atterrir en un seul morceau, et nous avec. Je n'ai pas osé jeter un œil par le hublot, même si d'après Timothée, le passage au-dessus des montagnes était grandiose. Je lui ai promis de regarder des images sur Google.

Nous récupérons nos sacs et attendons notre tour pour rejoindre la sortie. Alors que j'accède à l'escalier qui nous sépare du tarmac, la moiteur de l'air plaque ma robe contre ma peau. Tout de suite après, une odeur enivrante se faufile dans mes narines. Une odeur de maquis ou de fleurs. Une odeur de liberté.

Ce n'est qu'une fois devant le tapis roulant, en attendant nos valises, que je me rends compte des conséquences que pourrait engendrer mon escapade. À présent, une mer me sépare de ma sœur et de mon père. J'ai quitté tous mes repères. Lors de ce séjour, je retrouverai peut-être ma mère. Cette avalanche d'informations sème la panique dans mon cerveau. Une grosse caisse résonne dans ma poitrine, mais je n'ai jamais été une bonne musicienne. Ma respiration loupe quelques notes et s'échappe de la partition. L'angoisse devient le chef d'orchestre de mes réactions.

— Il faut que je m'assoie, j'annonce en me laissant tomber sur les fesses.

Un, deux, trois. Un, deux, trois.

Timothée s'agenouille à mes côtés.

— Regarde-moi, et respire, murmure-t-il. Tu as fait le premier pas. Si tu refuses d'être fière de toi, je ne vais pas me gêner pour l'être à ta place.

Je m'esclaffe mollement :

— J'ai l'impression d'être une gamine de sept ans qui arrive à sa première colo sans ses parents. Non, mais sérieusement ? À mon âge ? À partir de quand peut-on conclure qu'on a gâché sa vie ?

— Quand on remet en question l'univers au lieu de récupérer ses valises. Hop, debout, m'encourage-t-il en m'aidant à me relever.

La grosse caisse a cessé de jouer. Cependant, pour m'apaiser tout à fait, je dois m'assurer d'autre chose auprès de Tim :

— Tu me jures qu'on ne va pas s'acharner à chasser un fantôme dans tous les recoins du maquis, hein ?

— Je te le promets. Retrouver Colonna n'est pas du tout le but de ce séjour. D'autant que pour le coup, on arriverait un peu trop tard.

— Ha ha, très marrant. Tu m'as comprise. Je te connais, Tim. Tu es un adepte du jusqu'au-boutisme.

— Je dois le prendre comme un compliment, j'imagine ? lâche-t-il en bombant le torse. Mais ne t'inquiète pas, reprend-il plus sérieusement. On n'a qu'à imaginer qu'on s'engage dans un escape game grandeur nature. En plus, on n'a jamais voyagé ensemble. On aurait tort de ne pas en profiter, non ?

— Je ne sais pas si je suis programmée pour profiter.

— À cent pour cent, affirme-t-il. Il te suffit de lâcher prise.

— OK, je réponds avec calme, alors que mon ventre se contracte.

Ce séjour promet donc de me faire relever plusieurs missions.

7

Notre voiture de location repérée, j'envoie un rapide : « Bien arrivés » sur mon groupe WhatsApp famille et ouvre l'application Waze pendant que Timothée règle les rétroviseurs et démarre le véhicule.

— Tu me donnes l'adresse pour le GPS ?

— Le GPS ne nous sera pas utile à grand-chose : en gros, il n'y a qu'une seule route qui fait le tour du cap… mais si ça te rassure, écris Santa-Maria-di-Lota, ça suffira.

Mes doigts se crispent sur l'étoffe de ma robe. L'organisation du séjour a vite été expédiée par Timothée, partisan de l'improvisation, mais il m'a proposé, dans la mesure où j'avais payé nos billets d'avion, de s'occuper de la réservation du logement.

— Attends, on ne se rend pas directement à Luri ?

— Pour ce soir, j'ai préféré réserver un hôtel tout près de Bastia, afin d'assurer nos arrières si notre avion avait du retard, ou en cas de bouchons, m'explique-t-il en jetant un coup d'œil dans le rétroviseur avant de doubler un véhicule.

— Mon père approuverait ton sens du « au cas où ».

— Évidemment, il m'a tout appris, plaisante-t-il. Et de toute façon, comme l'exposition à Luri ne sera ouverte que samedi, s'enfermer dans les terres serait dommage. Autant qu'on en profite pour dormir près de la mer, et qu'on change de pied-à-terre selon les lieux où nous mène notre enquête, pas vrai ?

— Sur le principe, je suis d'accord, mais il paraît qu'on a quatre fois plus de risques de se faire infester par des punaises de lit si on change quotidiennement d'hôtel.

— Pour les punaises de lit, il nous suffira de vérifier, déclare-t-il, l'air sérieux. Mais nous déplacer nous permettra d'interroger plus de monde, et de découvrir plus d'endroits. Une sorte de *road trip* amélioré ! À toi de décider.

Spontanément, mon goût pour la routine prend le dessus, mais les mots prononcés plus tôt par Timothée se fraient un chemin dans mon esprit. *Lâcher prise.* Est-ce par ce genre de détails que je peux commencer ?

— On a décidé ensemble que tu gèrerais l'hébergement, donc restons sur ton idée.

Un immense sourire illumine ses traits, me confortant dans mon choix. Je renseigne le nom de la ville tandis que nous roulons sur une départementale bordée d'entreprises, puis de grands magasins de chaîne. Je m'apprête à constater à haute voix que ce n'est pas du tout ainsi que je me représentais la Corse, quand il enclenche son clignotant et s'engage dans une bretelle de sortie.

La route se rétrécit, s'escarpe, passe sous un pont et se finit presque en cul-de-sac. Au bout, il y a la mer. Et sur l'écran du GPS, rien d'autre.

— J'ai le droit de demander où on va, ou c'est pas assez « lâcher-prise » pour toi ?

— À la plage de l'Arinella, d'après le panneau. On s'y pose ?

J'aimerais le questionner sur l'horaire limite d'arrivée à l'hôtel, la distance qui nous en sépare ou le programme pour le dîner. À la place, je me force à sourire :

— Carrément. Je n'ai jamais mis les pieds dans la Méditerranée.

— C'est la mer Tyrrhénienne, de ce côté. Merci de me rappeler pourquoi tu copiais sur moi en géo !

— Ouais, bah c'est la mer quand même ! je rétorque avec mauvaise foi.

Il se gare en continuant de se moquer, puis ouvre le coffre pour y attraper une serviette dans sa valise.

— Eh bien ! Le roi de l'improvisation est organisé, en fin de compte !

— Pour les choses importantes, toujours ! Pouvoir rafraîchir nos pieds dans l'eau moins d'une heure après être sortis de l'avion, c'est magique, non ?

J'approuve. Il n'est pas tout à fait 18 heures. Le soleil se fait moins ardent que lorsque nous sommes descendus de l'avion, mais les gens se pressent, tant sur la plage qu'aux jeux extérieurs du parc attenant, envahis par les enfants.

Nous jetons la serviette, nos sacs et nos chaussures, puis avançons jusqu'à sentir le sable mouillé sous nos orteils.

— On se lance ? me demande Tim en attrapant mes doigts entre les siens.

Nous sautons dans la première vague comme s'il s'agissait d'une flaque d'eau. Je m'attendais à ressentir un froid saisissant, mais la température est si douce que j'en viendrais presque à regretter de ne pas porter de maillot de bain. Nous laissons la mer nous envelopper les chevilles en riant, puis retournons nous asseoir sur la serviette.

Je n'en reviens pas d'être en Corse. À ma gauche, ce que j'imagine être la citadelle de Bastia se détache, majestueuse, sur le vert foncé du maquis. Juste derrière la ligne d'horizon, une île semble se perdre dans la brume, comme auréolée de mystères.

Alors que je me tourne vers mon ami, je le surprends en train de m'observer, les yeux pétillants.

— Qu'est-ce que j'ai ?

— Rien. Mais je suis fier de toi, Margaux. Je pensais sincèrement que tu allais changer d'avis. Tu m'impressionnes.

Émue, je me racle la gorge.

— Ne dénigre pas ton rôle dans cette affaire. Sans toi, je chercherais encore comment imprimer mon ticket d'embarquement.

J'aimerais lui avouer à quel point j'apprécie sa gentillesse et sa protection, mais je suis plus douée en humour caustique qu'en gratitude. Néanmoins, je reprends :

— Tu te souviens de ce cahier dans lequel on écrivait des listes ?

Il opine du chef. J'ouvre mon sac à dos et brandis le carnet en question, avant de l'ouvrir sur un texte intitulé « Pour qu'elle revienne ».

Juste après la disparition de ma mère, nous y avions religieusement consigné des idées plus ou moins saugrenues pour la retrouver. Consulter un marabout, participer à une émission de télé, organiser un rituel magique et des incantations, engager un détective privé… Force est de constater que nous n'avons coché aucune case. Pourtant, rédiger cette liste avec Timothée me permettait d'imaginer que d'une certaine manière, les recherches continuaient et que j'y prenais part. Finalement, quand j'ai compris qu'il n'y avait aucune chance que ma mère revienne, nous avons laissé tomber le carnet.

Je caresse la page du bout de l'index.

— Je l'ai retrouvé dans un carton contenant mes souvenirs d'ado. Si ce voyage doit me mener sur les traces de mon passé, j'aimerais reprendre la rédaction de ce cahier, pour inspirer mon avenir.

— Waouh, siffle-t-il. Qu'avez-vous fait de mon amie Margaux, madame ?

— C'est de ta faute, je signale en riant. C'est toi qui as créé ce monstre-là !

Son visage devient brusquement si sérieux que je crains d'avoir dit une bêtise.

— Pas un monstre, Margaux, articule-t-il. Mais peut-être, au contraire, la possibilité de redécouvrir celle qui se cache au fond de toi. Une sorte de Margaux 2.0.

— Celle qui se cache au fond de moi ? Qu'est-ce que tu veux dire ?

— Ne le prends pas mal, hein, bredouille-t-il en se mordillant la lèvre. Mais parfois, l'adolescente que tu étais me manque.

L'étonnement me provoque un coup dans l'estomac.

— Je ne le prends pas mal, mais tu peux développer ?

Tim fait couler du sable entre ses doigts, certainement pour se laisser le temps de bien choisir ses mots. Je ne doute pas du fait qu'il n'a aucunement l'intention de me blesser, mais j'appréhende néanmoins cet échange.

— Ces derniers temps, j'ai de plus en plus l'impression que tu te renfermes sur toi-même. Comme si tu t'engluais dans tes petites routines.

Je me redresse, piquée au vif, et lâche, plus abruptement que ce que je voudrais :

— Ça s'appelle grandir et devenir adulte, j'imagine ? Ce que tu ne peux pas savoir, vu que tu es un éternel adolescent…

— J'ai pas envie de me fâcher avec toi, Margaux. Et je ne veux pas te blesser, au contraire. J'aimerais juste que tu retrouves un peu d'insouciance.

Je médite sa phrase tout en regardant les quelques nageurs, qui, comme nous, rattrapent leurs vacances d'été à l'automne. Moi non plus, je ne veux pas qu'on se dispute.

— Je vois. Mais maintenant qu'on est là, je vais te prouver qu'il y a toujours une adolescente au fond de moi, d'accord ?

— Avec plaisir, sourit-il.

Il ne paraît pourtant pas totalement convaincu.

— Bon, comment utilise-t-on ce carnet ? je demande en forçant sur l'enthousiasme, ce qui semble fonctionner, puisque Tim se détend. On y rédige une *bucket list* ? Avec tous les trucs que je n'ose jamais entreprendre habituellement ? J'ai droit à un joker ?

J'attrape un stylo. L'air inspiré, Tim me dicte :

— Profiter de tous les petits bonheurs du quotidien…

Je m'applique à écrire et attends la suite, concentrée sur ma tâche.

— … au lieu de dresser des listes, termine-t-il, fier de sa blague.

J'éclate de rire et envoie une poignée de sable sur ses jambes mouillées.

— À l'attaque ! hurle-t-il en se ruant sur moi.

Ma *bucket list* se transforme en bataille de sable géante. L'insouciance de l'enfance n'est finalement jamais très loin.

8

Les premières lueurs du jour me tirent du sommeil. L'hôtel est décrépi et notre chambre vieillotte, mais elle donne directement sur la mer, ce qui nous a incités à laisser la fenêtre ouverte, pour que le bruit des vagues nous berce. Dans son lit, Timothée dort à poings fermés, hermétique à la beauté du spectacle prodigué par la nature. Je m'installe sur le balcon pour contempler le lever du soleil. Je suis certainement trop sensible, mais à ce moment précis, je peux affirmer que, rien que pour vivre cet instant, cela valait le coup de venir ici. Alors que les couleurs de l'astre évoluent, passant d'un rouge intense à un orange resplendissant, je tire une carte du jeu offert par ma sœur, et la prends en photo devant la mer avant de lui envoyer.

« Ne considère pas les échecs comme une fin, mais comme des étapes. »

Si cette citation est prémonitoire, notre enquête n'est pas près d'être résolue aujourd'hui, mais cette idée ne me déplaît pas, au contraire. Tout s'est enchaîné si vite depuis le reportage à la télé que je crains de ne pas être prête. Ma mère est-elle réellement en Corse ? Y a-t-il une infime chance que nous la retrouvions ? Et si c'est le cas, me reconnaîtra-t-elle ? Acceptera-t-elle de me parler ? Toutes ces questions m'étourdissent. Je scrute la photo, enregistrée dans mon téléphone pour la montrer aux habitants, bien qu'elle soit imprimée en une cinquantaine d'exemplaires, à l'abri dans une pochette cartonnée. On y voit le portrait encadré. Le texte est concis, mais clair : « Vous avez déjà croisé la femme peinte sur ce tableau, ou vous connaissez l'artiste ? Vous pouvez m'aider : contactez-moi au 06 61 40 32 13. »

Je n'ai pas voulu écrire le nom de ma mère, dans la mesure où elle en a peut-être changé.

Où te caches-tu, maman ? Quelle est ta vie ? Pourquoi es-tu partie ?

Un. Deux. Trois. Je prends une profonde inspiration. Lâcher prise est plus facile à décider qu'à faire.

Timothée se retourne dans son sommeil, et finit par se réveiller, mettant un terme à mes tergiversations.

Après avoir fermé nos valises, nous nous attablons pour le petit déjeuner, mon carnet entre nous.

— Encore sur ton idée de *bucket list* ? me taquine Tim en entamant un croissant.

— Pas du tout. J'ai réorganisé nos notes, pendant que tes ronflements couvraient le bruit des vagues. Sur cette page, il y a les noms et les adresses des artistes exposés à Luri, en tout cas ceux qui étaient mentionnés sur les réseaux sociaux de la ville. Deux d'entre eux possèdent un atelier ou une boutique à Erbalunga, le village le plus proche d'ici, j'ai vérifié sur une carte. Le premier artiste ne correspond pas, il est sculpteur, mais ça ne mange pas de pain que de lui rendre visite. Le second, en revanche, pourrait coïncider avec la personne qu'on recherche.

Timothée me regarde, perplexe.

— Comment tu sais ça ?

— J'ai trouvé son site Internet pendant que tu dormais.

— C'est ta manière de lâcher prise ? Tu as bossé toute la nuit ou quoi ?

Je lui accorde une moue contrite.

— Tu le sais, ce n'est pas un scoop... j'aime contrôler mon emploi du temps. Et comme l'exposition à Luri n'ouvre que le samedi, il fallait bien combler les trous. Où as-tu trouvé cette information, d'ailleurs ? Je n'ai toujours pas reçu de réponse au mail que j'ai envoyé avant-hier.

— J'ai passé un coup de fil et j'ai eu plus de chance que toi, répond-il dans un haussement d'épaules modeste, avant d'ajouter : Tu devrais arrêter de tirer des plans sur la comète. Tout prévoir ne garantit pas qu'on longe un chemin tracé. Cela dépendra de nos découvertes. On pourrait même finir à Bonifacio, ou à Ajaccio... Moins on a de pistes au départ, plus on est susceptibles de connaître des revirements de situation.

Je croise les doigts pour qu'il n'y en ait pas trop.

Tim attrape mon carnet et feuillette quelques pages, avant de s'interrompre.

— C'est quoi, ça ?

— Tous les éléments dont je me souviens, datant de la disparition de ma mère. Comme tu t'en doutes, je n'ai pas osé aborder le sujet avec mon père, donc j'ai essayé de retranscrire les recherches faites à l'époque. Puisqu'on doit enquêter, autant tout noter.

— Il y a des choses intéressantes ?

— Aucune idée. En tout cas, rien qui avait aidé mon père à l'époque. Ma mère avait peu d'amis, surtout des collègues, et encore, elle en changeait souvent avec ses missions d'intérim. Papa a cherché à contacter des gens, mais personne ne la connaissait véritablement. Il a évoqué une colocataire qui était apparemment sa meilleure amie, avant leur rencontre, mais il ne connaissait même pas son nom. Je crois qu'elles se sont fâchées, ou que la colocataire a déménagé. Quoi qu'il en soit, je ne l'ai jamais vue.

— Elle n'avait plus de famille, n'est-ce pas ?

— C'est ça. Elle n'a jamais su qui était son père, et sa mère était déjà décédée quand mon père l'a rencontrée.

— Et des amis d'enfance, ou d'école ?

— Pas vraiment. Apparemment, ma mère n'a pas connu une enfance facile. Quand je lui posais des questions, elle déclarait qu'elle n'en avait aucun souvenir, et qu'elle préférait penser à l'avenir plutôt qu'au passé.

C'est étrange de parler autant d'elle alors qu'elle a été un sujet tabou pendant si longtemps. À chaque fois que, plus petite, Célia nous interrogeait, papa lui répondait qu'elle était partie pour un long voyage autour du monde, et qu'un jour, peut-être, elle reviendrait.

Ce qui n'a jamais été le cas. Est-ce que ce séjour pourrait tout changer ?

18 novembre 2010

Je vis en Corse depuis deux années déjà. Si au départ, j'imaginais panser mes plaies et retourner à ma vie une fois rétablie, aujourd'hui, je suis persuadée que je ne ferai pas machine arrière.

Cela fait deux ans que j'existe à nouveau, que j'ai accepté d'être celle que je devais devenir, celle qu'au fond de moi, j'avais toujours été tout en me dérobant aux yeux du monde.

Ces deux années n'ont pas toujours été évidentes. Par moments, la chaleur des souvenirs me prenait par surprise. La douceur de leur peau, l'insouciance dans leur regard, le son cristallin de leurs rires venaient me hanter en pleine journée. Tout mon être tremblait alors de leur manque, et j'avais l'impression que je pourrais en mourir. Ma culpabilité me criait que j'avais sacrifié ma famille sur l'autel de ma liberté.

Longtemps, j'ai cru qu'ils allaient se matérialiser devant moi, sans toutefois savoir comment je réagirais si ça se produisait. Prise entre la joie de les retrouver et l'angoisse de devoir m'expliquer.

Heureusement, dans la tourmente, j'ai pu continuer à compter sur Lina. Elle m'a tenue à bout de bras, me secouant lorsque je m'immobilisais, me rappelant ce que j'avais gagné à tout quitter. Et surtout, elle m'a guidée vers la mer, que j'observais de loin sans oser m'en approcher.

La première fois, elle m'y a forcée. Elle voulait ramasser des galets, et ne m'a laissé d'autre choix que de l'accompagner. J'ai descendu, contre mon gré, les marches qui mènent à la plage. Pourtant, au moment où je me suis assise sur le rivage, quelque chose s'est passé. J'ai commencé à respirer. Au diapason du ressac, dans un premier temps, puis en harmonie avec ce qui m'entourait, comme si j'avais le pouvoir de me fondre dans la nature. Quand j'ai recouvré mes esprits, le soleil déclinait à l'horizon, et je ne m'étais pas aperçue que les heures avaient défilé. Lina avait fini de ramasser un plein panier de bois mort, de coquillages et de serpentines, sans que je ne me sois rendu compte de rien. J'étais comme sortie de mon corps, mais je m'étais apaisée.

La fois suivante, j'ai enlevé mes chaussures et enfoncé mes pieds dans le sable humide, là où la mer laisse ses empreintes en se retirant. Quelque chose a brillé par terre sous le reflet du soleil. Je l'ai pris entre le pouce et l'index, comme s'il s'agissait d'un trésor inestimable, et ça l'était. Ce morceau de verre poli par l'eau salée m'a aimantée, et j'ai su qu'il fallait que j'en fasse quelque chose.

J'ai commencé à venir chaque matin pour en remplir mes poches, à marcher de plus en plus loin pour en dénicher. Je me suis également mise à ramasser les coquillages et les plus jolis galets noirs, pour reproduire les tableaux que je m'amusais à créer dans ma vie d'avant. Comme un trait d'union.

Lina a décelé un potentiel dans mes créations. Main dans la main, nous avons commencé nos premières peintures, ornées de ces morceaux de nature, et par la suite, je n'ai plus arrêté. C'est elle qui a décidé de les proposer sur des marchés artisanaux, et très vite, il s'est avéré qu'elle avait raison d'y croire. Les touristes en redemandaient, me forçant à travailler sans relâche, pour mon plus grand bonheur. Créer m'aide à ne pas penser. En construisant du beau à partir de ce qui a été rejeté par l'océan, je suis devenue l'artisan de mes propres rêves. Je produis, je transforme, j'entrelace, je colle, je découpe, je peins. J'occupe mes mains et mon esprit. Des cadres photo, des encadrements de miroir, des dessous de table, des bougies que je parfume avec les fleurs cueillies dans les montagnes, des mosaïques. C'est ma manière de me recueillir, de méditer, de m'accepter. Et de façon plus prosaïque, cela me permet de participer aux dépenses de notre maisonnée.

Lina me pousse à me dépasser, sûre de mon talent. Elle a perçu le meilleur en moi, alors que je ne savais pas qu'il existait. J'admire son enthousiasme, sa détermination, la lumière qu'elle dégage. Nous menons deux vies à l'opposé. Elle est sociable, extravertie, enjouée. Elle connaît tout le monde, et tout le monde la connaît. Je traîne dans son ombre et ne côtoie que Jéromina et elle. Elles me suffisent. Et Lina et moi, nous nous complétons.

9

UNE DEMI-HEURE PLUS TARD, nous nous garons à Erbalunga, un village qui se revendique comme un repaire d'artistes. Nous cheminons à travers les ruelles, en quête des adresses notées sur mon carnet, et ne tardons pas à rencontrer notre première déconvenue. Une des boutiques est fermée pour l'arrière-saison. Néanmoins, un numéro de téléphone est scotché sur la vitrine, sous les dates de congé, et je sors mon carnet pour le noter.

L'autre boutique est ouverte, mais elle est tenue par une cousine éloignée de l'artiste, navrée de ne pouvoir nous aider. Cependant, je remarque rapidement que les œuvres exposées ne ressemblent en rien au portrait de ma mère. Nous demandons néanmoins à la femme d'accrocher un des avis de recherche, ce qu'elle accepte avec plaisir.

En sortant de l'échoppe, nous arpentons les ruelles d'Erbalunga, nos affiches prêtes à être dégainées. Nous essuyons plusieurs refus polis, mais également quelques regards de travers et des questions qui me mettent mal à l'aise : « Qui êtes-vous ? » ; « Pourquoi la cherchez-vous ? » ; « Qu'a-t-elle fait ? » ; « Est-ce une histoire d'argent ? De vendetta ? » En outre, nous subissons également la fascination curieuse de certains pour les disparitions volontaires, et des bribes d'histoire des personnes âgées qui ont simplement envie de bavarder. Avec le recul, je suis heureuse que mon père ait refusé que je participe aux recherches quand ma mère a disparu. Ce genre de requête oblige à se dévoiler, à se mettre à nu. On se heurte quasiment systématiquement à des réactions de méfiance. Je ne suis pas sûre que j'aurais supporté ça quand j'avais quinze ans.

Nous sommes sur le point de rebrousser chemin, quand une petite bonne femme, occupée à arroser ses plantes sur son balcon, et semble-t-il à nous observer depuis un moment, nous interpelle :

— Hey, les amoureux, vous n'avez pas vu la tour ! Retournez sur vos pas jusqu'au bout de la rue, puis tournez à droite. Ce serait dommage de la manquer !

Nous la remercions et découvrons que ce que nous avions pris pour une impasse dissimulait en réalité une vue grandiose sur la mer, et une vieille tour en ruines imposante, située au bout d'une langue de roches, ce qui la rend encore plus spectaculaire.

— Cette tour génoise servait autrefois à prévenir les attaques des pirates, je déclare après avoir lu une pancarte.

— OK, Fred et Jamy, sortez de ce corps, et venez profiter du paysage, se moque Tim.

Je lui donne un coup de coude avant de scruter la vue qui s'offre à nous, la gorge nouée devant ce cadre incroyable.

— Dire qu'on aurait pu louper ça…

— La morale de cette histoire, assure Timothée en prenant des airs d'intellectuel, c'est que la curiosité n'est jamais un vilain défaut.

J'explose de rire.

— T'as pas trouvé mieux ? Tu aurais fait un prof déplorable !

— Oh, mais vas-y, je t'écoute !

Mise au défi, je réfléchis à voix haute :

— La morale, c'est…

— Je suis tout ouïe ! se moque-t-il en feignant un bâillement.

— La morale, c'est que parfois, un endroit qui ne paie pas de mine mérite qu'on approfondisse sa découverte. On n'est jamais à l'abri d'un trésor.

— OK, Margaux 2.0, bien joué ! Je n'avais pas misé sur toi, mais je te concède le point.

Je lui tire la langue et me dirige vers un marché de producteurs et d'artistes locaux qui s'est établi sur la place près du parking pendant notre promenade. Il n'y a que quelques étals, mais le lieu est parfait pour interroger les passants. Devant un stand de bougies, Timothée me chuchote que les miennes sont mille fois mieux, et je lui tape sur le bras pour l'exhorter à parler moins fort. La créatrice, vexée, jette à peine un coup d'œil au portrait que je lui montre. Nous continuons, chacun de notre côté, à demander aux badauds s'ils connaissent le peintre qui a réalisé le tableau ou s'ils ont déjà vu la femme qui y est représentée, sans succès. Mon tour terminé, je rejoins Timothée devant un étal de bijoux où je suis attirée par les bracelets, dont certains ont la particularité d'être composés de noyaux d'olives. Je les examine, avec l'idée d'en acheter un pour Célia, quand mon regard s'arrête sur une pierre blanche décorée d'une spirale finement tracée. Mon intérêt doit se remarquer, car la vendeuse se penche vers moi.

— C'est l'œil de santa Lucia, me confie-t-elle. En Corse, vous la trouverez partout. Je récupère ces coquillages sur les plages de Balagne, au mois de janvier, lorsque les rafales les apportent par les vagues.

— Pourquoi lui avoir donné ce nom ?

— À cause d'une légende corse. Lucia veut dire lumière. L'histoire raconte que la mère de Lucia souffrait d'une maladie incurable. Alors, sa fille a prié la Madonne pour elle, et le miracle s'est produit. Pour la remercier, Lucia a promis de rester vierge, et puis elle s'est arraché les yeux et les a jetés à la mer.

— Pas du tout glauque ! ironise Timothée dans mon dos.

— C'est une bien triste histoire, je conclus en ignorant mon ami.

— Mais elle se finit bien. Lucia s'est dévouée corps et âme pour les autres, accordant sa dot aux nécessiteux, alors, pour la remercier, la Madonne lui a rendu la vue en lui offrant deux magnifiques yeux brillants. « *Ochji belli e lucenti* », en corse. Porter l'œil de santa Lucia éloigne le mauvais œil et attire la chance.

Du bout de l'index, je caresse une des perles.

— Je vais le prendre, et celui-ci avec, pour en faire cadeau, je déclare en désignant un bracelet en noyaux d'olives.

La femme approuve d'un mouvement de tête et emballe le bijou pour ma sœur.

Timothée dégaine un billet de sa poche.

— Et c'est moi qui régale, intervient-il. On ne sait jamais, c'est peut-être comme les trèfles à quatre feuilles, mieux vaut les offrir pour qu'ils portent chance.

Je ne tente même pas de me battre pour payer, puisqu'il est évident qu'à ce jeu je serai perdante. Alors, dans un élan de spontanéité qui ne me ressemble guère, je le remercie en lui plaquant un baiser sonore sur la joue. S'il est surpris, il n'en laisse rien paraître.

— *I basgi ùn lascianu u stampu sopra a faccia, ma u lascianu nantu u core*, prononce la vendeuse dans un large sourire.

— Qu'est-ce que ça signifie ?

— Les baisers ne laissent pas leur empreinte sur le visage, mais sur le cœur, traduit-elle.

— C'est très joli.

— Et très vrai, ajoute Timothée en attachant le bracelet autour de mon poignet.

Je ne sais pas si cela fonctionne également sur ceux qui embrassent, mais mon cœur se pince, comme s'il se marquait d'une nouvelle empreinte.

Une fois installée dans la voiture, je frotte doucement la pierre du bout de mon index, en me demandant si ce coquillage va m'aider à voir mon avenir plus nettement.

Au bout de quatre ou cinq kilomètres, Timothée me propose de nous arrêter sur le bord de la route pour admirer le paysage. Je suis évidemment de son avis, il faut profiter du panorama, ce que nous faisons pratiquement à chaque fois qu'un ersatz d'aire de stationnement se présente. Chaque point de vue suscite notre ébahissement. Je comprends mieux pourquoi plusieurs jours sont préconisés pour faire le tour du cap Corse. Si le parcours demeure aussi exceptionnel tout du long, nous irions plus vite à pied.

Lors d'une de nos nombreuses haltes, après avoir pris quelques photos, je surprends Tim, appuyé sur le capot, qui pianote sur son téléphone.

— Une nouvelle piste, inspecteur Gadget ?

— Pas du tout, je cherche un logement pour ce soir.

Je manque de m'étouffer, et m'indigne aussitôt :

— Pardon ? Tu ne réserves même pas au moins la veille pour le lendemain ? Je pensais que…

— Tu penses trop. Et ne t'inquiète pas, on est hors saison, on trouvera.

— Et au cas où ? Si on doit dormir en pleine nature, au milieu des cochons sauvages et des insectes ? Et si…

— Et si on acceptait que l'improvisation a du bon ?

— Cela me paraît tout de même risqué.

— Mais amusant, sourit Timothée, l'air serein.

Si les cadres rigides me rassurent, Tim les exècre. Il est comme le vent, il se laisse porter par les événements. Indépendant, authentique. Moi, je me représenterais plutôt comme un chêne centenaire, profondément enraciné. Seulement, étant donné tous les efforts qu'il déploie pour que je me sente bien, je me dois de lui rendre la pareille.

— OK. Tu sais quoi ? On roule jusqu'à l'heure du déjeuner, et on verra où on en est à ce moment-là.

— Chiche, rit-il en reprenant le volant.

Pour prouver ma nonchalance toute neuve, j'enlève mes sandales et pose mes pieds sur le tableau de bord. La voix de mon père résonne dans mon cerveau, tel un ange sur mon épaule : « Ne mets pas tes pieds sur le tableau de bord, au cas où… ». Je souris et surprends le regard de Tim sur moi. Il a l'air heureux, et une vague d'allégresse se répand à l'intérieur de ma poitrine. Mais je repose quand même mes pieds par terre, au cas où.

Nous traversons ensuite quelques lieux-dits, qui nous offrent un terrain de jeux de mots inédit. Chacun notre tour, nous nous démenons pour trouver les mieux, les pires, les plus aléatoires.

— Faire un film avec Marlon à Brando, commence-t-il.

Je poursuis :

— Ouvrir un glacier à Ornetto, et dire qu'on a perdu le C.

Nous pouffons de rire comme des gamins. Lâcher prise, en réalité, ce n'est pas si difficile, quand on est bien entouré. J'espère seulement que l'improvisation aura vraiment du bon.

10

— Il y a un resto à quelques kilomètres d'ici qui s'appelle L'Effet Mer, je glousse en croisant un panneau.

— Est-ce qu'on considère que les jeux de mots aléatoires sont notre fil rouge pour la journée et qu'il faut qu'on s'y arrête ?

J'aurais préféré regarder d'abord les appréciations sur Internet, histoire de vérifier que personne n'est mort d'une intoxication alimentaire ces dernières semaines, néanmoins, j'abonde en son sens :

— Carrément, c'est un signe.

Il me jette une œillade surprise, sans commenter, alors j'en rajoute :

— J'espère simplement qu'on ne va pas tomber sur un salon de coiffure baptisé FM'Hair, sinon on va se retrouver avec la boule à zéro ou les cheveux roses !

Le restaurant, calé entre le rivage et une tour génoise transformée en centre culturel, semble tout droit sorti d'une photo d'Instagram. J'admire les vagues qui viennent se briser sur le sable pendant que Timothée montre le portrait aux quelques habitués qui prennent l'apéritif au comptoir. De loin, je les vois secouer le menton de gauche à droite. La citation de ma carte me revient en mémoire. « Les échecs ne sont que des étapes vers la réussite. » C'est ce que disait ma mère lorsque j'étais petite et que je ne parvenais pas à nouer mes lacets, finir un exercice de mathématiques ou faire la roue. Face au moindre obstacle, j'avais tendance à m'énerver, à me lasser ou à bouder. Et j'étais plutôt impatiente, ce qui n'a pas vraiment changé. Je me rappelle qu'une fois, maman m'avait assise sur ses genoux pour me montrer son puzzle. Je devais avoir dix ou onze ans. « Tu vois, Margaux, parfois, je passe des heures sur une seule pièce qui me pose problème, et au bout d'un moment, j'ai envie de tout envoyer valser. Je me demande pourquoi je m'inflige ça. » Moi aussi, je me posais la question. « Puis tout à coup, tout se débloque... et enfin, j'entrevois le paysage. Tous les obstacles se lèvent. Si tout était toujours simple, on en tirerait moins de plaisir. » Je n'avais pas été totalement convaincue à l'époque, mais aujourd'hui le message qu'elle voulait me transmettre prend tout son sens.

Alors que Tim se dirige vers moi, je me rends compte que pour la première fois depuis longtemps, c'est un souvenir agréable avec ma mère qui a refait surface, et pas un de ceux liés à sa disparition. Ce constat me procure une sensation de douceur, amplifiée par le panorama et l'agréable compagnie de Timothée.

À la fin du repas, aussi copieux que savoureux, le patron s'approche de notre table pour nous proposer un digestif fait maison. N'étant pas une grande consommatrice d'alcool, je m'apprête à passer mon tour, mais son regard m'en empêche, accentué par cette phrase :

— Chez nous, c'est sacrilège de refuser ce que l'on nous tend, que ce soit une main ou un cadeau.

La messe est dite. Quelques minutes plus tard, après avoir trinqué à la beauté de l'île, je trempe mes lèvres dans un liquide vert pâle, très sucré, et ne peux retenir un petit cri de plaisir.

— C'est délicieux ! Qu'est-ce que c'est ?

— Mon eau-de-vie au basilic. Je la prépare moi-même. J'aime tenter des saveurs inédites avec ce qui pousse autour de moi. Plus local, vous ne trouverez pas !

— Elle est exquise, approuve Timothée, mais je sens que la sieste sur la plage ne va pas être du luxe !

— *Aïo* ! balance le restaurateur. La sieste n'est jamais un luxe, quoi qu'on ait bu ou mangé ! Comment trouvez-vous la Corse ?

— Fantastique, je dis, même si nous venons à peine d'arriver.

— *Babin*. Il faut absolument aller à Tomino ! Ma sœur y tient une chambre d'hôtes. Si vous aimez ma liqueur de basilic, vous devriez goûter son alcool de myrte. Toute l'île le lui envie. D'ailleurs, elle connaît beaucoup de monde, peut-être qu'elle saura qui est la femme que vous cherchez…

— Comment s'appelle le domaine ? demande Tim en finissant son verre.

— La Casa di Babbo. « La maison de papy », en français. Elle a aménagé un endroit fabuleux. Bon, je ne vous retiens pas plus, filez tester le farniente corse !

Nous posons nos serviettes sur la plage, à l'ombre des canisses du restaurant dans lequel nous avons déjeuné.

Je continue de chercher les sites Internet des artistes de la galerie de Luri pendant que Timothée pianote sur son téléphone, mais mon regard s'accroche sans cesse à la mer et aux alentours. C'est fascinant de pouvoir admirer les vagues et la montagne au même endroit. J'aurais tellement aimé que mon père et ma sœur m'accompagnent… L'attente de ma mère nous a dérobé de jolis moments en famille. Des voyages, des découvertes, des rencontres. Je crois que c'est pour ce genre de dommages collatéraux que je lui en veux le plus. Si elle nous avait purement et simplement quittés en nous laissant un mot, une lettre, un SMS pour nous apprendre qu'elle ne voulait plus jamais nous voir, si elle avait assumé ses actes, alors nous aurions eu la possibilité de faire notre deuil plus vite. Mais même cela, elle nous en a privés, comme si on ne comptait pas. Un nœud de rancœur se loge dans ma gorge. Les années passant n'ont pas réussi à atténuer la rage qui gronde au fond de moi. En général, lorsqu'elle surgit, je nettoie mon appartement de fond en comble, je crée des bougies ou je vais à la salle de sport pour la décharger sur un tapis de course. Assise sur le sable, je me trouve démunie.

— Tu vois le ponton là-bas ? me demande Tim qui doit certainement percevoir mes fluctuations d'humeur pour amener une diversion pile quand j'en ai besoin.

J'avise le bloc flottant à une cinquantaine de mètres de la plage, pourvu d'une échelle afin que les nageurs puissent y accéder.

— Je te mets au défi d'y arriver la première, lâche-t-il en enlevant son tee-shirt.

Timothée dans toute sa splendeur. Si je l'avais écouté, depuis notre enfance, nous serions morts mille fois à cause de ce genre de challenge.

— Euh… Quoi ? Attends, mais c'est loin quand même, et il y a peut-être des méduses. En plus, après la liqueur qu'on a bue, est-ce prudent ?

— Ai-je récupéré l'ancienne Margaux, ou ai-je affaire à la merveilleuse Margaux 2.0 ? balance-t-il avec une lueur de provocation dans le regard.

Je rumine, jauge la distance même si je suis nulle à ce jeu-là, et me redresse en me débarrassant de ma robe. Après tout, je cherchais une échappatoire et Tim vient de me la servir sur un plateau d'argent.

— Margaux 2.0 va te pulvériser, mon pote, je crie en me mettant à courir comme une dératée.

Il hurle que je suis une tricheuse, et tente de me retenir par l'épaule. Je me débats et pénètre dans l'eau sans sourciller ni penser à mon père qui me conseillerait de me mouiller la nuque et d'attendre une heure après le repas pour me baigner, au cas où. Je plonge tête la première, goûte le sel sur mes lèvres et bats frénétiquement des jambes pour nager le plus vite possible.

J'arrive à bout de souffle sur le ponton, et arbore une pause triomphante, avant de me rasseoir par peur de faire tanguer le bloc et de finir à l'eau. Quelques secondes plus tard, mon ami me rejoint, aussi en forme que s'il avait marché sur l'eau. Le bougre.

M'a-t-il laissé remporter la victoire ? Cela ne m'étonnerait pas de lui.

Il me comprend, me soutient, me réconforte ou me félicite. En toutes circonstances. C'est sans doute pour toutes ces raisons qu'en comparaison, les autres garçons font systématiquement pâle figure à côté de lui. Je le regarde se hisser sur le ponton, son torse musclé ruisselant de gouttes d'eau salée.

— Bravo ! T'as assuré. Une vraie Margaux 2.0.

— Oui, j'ai été pas mal, je me congratule. Qu'est-ce que je gagne ?

— Ah, mais je te propose une récompense de folie ! Clairement, t'es pas prête. Nous ne dormirons pas à la belle étoile cette nuit, j'ai réservé une chambre à la Casa di Babbo. Les photos sont sublimes, le patron du resto n'a pas menti. J'ai hâte d'y être !

Je le remercie, soulagée, et nous passons la demiheure suivante à paresser, bercés par le ressac. Le ponton est suffisamment spacieux pour nous accueillir tous les deux, mais je sens le bras chaud de Tim collé contre le mien et des picotements parcourent ma peau. Une drôle de sensation envahit mon ventre. Mes pensées prennent une tournure aussi étrange qu'inattendue. Peut-être parce que je n'ai pas eu de relations amoureuses depuis longtemps ?

Je me relève à toute vitesse, passe de l'eau sur ma nuque (mon père serait satisfait), et après avoir défié Tim pour une revanche, plonge afin de rejoindre nos serviettes de plage.

Cette fois, bouger me remettra les idées en place : mon cœur s'active un peu trop à regarder Tim, c'est mon cerveau qui s'est mis en mode 2.0.

18 mai 2011

Je suis devenue un oiseau de nuit. Je me promène en compagnie de la lune, et je m'éteins aux premières lueurs du jour. J'aime être sur la plage lorsque l'aube s'anime. Quand les oiseaux commencent à tourner dans le ciel, je remonte les marches qui mènent chez nous, sans croiser âme qui vive, et je me couche au moment où le village s'éveille. Les bruits de la vie sont ma berceuse favorite.

Néanmoins, ce matin, tandis que je parcourais les ruelles seule, comme à l'accoutumée, un homme m'a abordée. Je me suis recroquevillée comme un escargot qui entre dans sa coquille. J'ai vu la surprise traverser son regard. « Hey, c'est moi, Augustin », a-t-il dit. Sa voix et son prénom ont remué quelque chose en moi. Je crois que je l'ai connu, qu'on s'est déjà parlé. Peut-être quand je suis arrivée et que j'étais encore sous le choc de mon départ ? Il a à nouveau cherché à engager la conversation, mais je suis restée tétanisée. J'aurais voulu que Lina soit là, qu'elle s'exprime à ma place. Contrairement à moi, elle a de la répartie, de la discussion. Moi, je ne sais plus communiquer. J'ai tourné les talons. Je me suis enfuie. Cela doit être ma marque de fabrique. Je ne suis pas fiable. Je suis une fugueuse de la vie.

Je me suis réfugiée sur le banc du jardin qui fait face à la plage, en proie à une crise de larmes aussi soudaine qu'incompréhensible. C'est là que Jéromina, en rentrant de son pèlerinage quotidien à la fontaine de santa Giulia, la sainte de notre village, m'a trouvée. Je n'ai pas réussi à dissimuler ma tristesse. Elle m'a exhortée à lui livrer les causes de mon chagrin, mais je n'en savais rien. Était-ce à cause de cet homme que j'avais fui, des souvenirs qui refaisaient surface, ou de ceux qui, au contraire, s'échappaient ? La vieille femme a baragouiné quelques mots de son dialecte en me caressant la main.

« Les souvenirs sont des caramels », a-t-elle ensuite déclaré en français, comme si elle me racontait une histoire. « Parfois, ils sont doux et délicieux et nous laissent un goût de reviens-y. À d'autres moments, ils collent aux dents et en cassent une au passage. Mais on a toujours envie d'en reprendre quand même. »

Elle a su me rendre le sourire, et même, l'espace d'un instant fugace, me donner envie de reprendre quelques caramels. Mais est-ce seulement possible pour une femme telle que moi ? Les bons souvenirs ne peuvent qu'être ternis par les monstres de mon espèce. J'aimerais tant sortir les cadavres de mon placard, les jeter aux oubliettes et atteindre la paix.

11

Après un après-midi à sillonner les villages pour interroger des habitants réticents à ne serait-ce qu'écouter notre discours jusqu'au bout, j'ai le moral dans les chaussettes. Pourquoi sommes-nous venus sans avoir, mis à part l'exposition de Luri, l'ombre du début d'une piste ? N'aurions-nous pas mieux fait d'engager un professionnel ? Comme souvent lorsque je suis fatiguée, j'ai envie de me vautrer sous une couette et de ne plus penser à rien. J'ai donc vraiment hâte de rejoindre la maison d'hôtes. Malheureusement, nous nous traînons derrière un camping-car depuis dix bonnes minutes, sans réussir à passer ne serait-ce que la troisième vitesse. Si au départ, le large autocollant au-dessus du pare-chocs, « Arrêts fréquents pour cause de distribution de cailloux colorés », m'a amusée, je meurs maintenant d'envie de jeter des pierres sur sa carrosserie. Une longue file de voitures s'est allongée derrière nous. Tim reste stoïque, tandis que de mon côté, je réfrène de plus en plus mon désir de klaxonner à sa place.

— Tu es en train de t'agacer ? devine-t-il.

Il lit en moi comme dans un livre ouvert, et c'en est presque énervant.

Toutefois, je lui offre une mine angélique.

— Pas du tout, je profite.

— Menteuse ! Bon, on va faire un jeu, ça va te détendre.

— On joue à « Le premier qui double cette limace à l'agonie a gagné » ?

Tim éclate de rire.

— Je pensais plutôt à un jeu qui servirait de fil rouge à notre séjour.

— Comme les jeux de mots pourris ?

— Oui, mais en mieux. J'ai une idée : à chaque fois qu'on vivra un épisode comme celui-ci, on cherchera à en tirer une morale philosophique, un peu comme quand on a découvert la tour à Erbalunga ce matin, d'accord ?

Une grimace étire mes lèvres.

— Je croyais que tu voulais faire un truc drôle.

— Gnagnagna, lâche-t-il en me tirant la langue.

— C'est celui qui invente des règles de jeu d'intello qui y est, je me moque. Mais peu importe. Margaux 2.0 est prête à jouer.

— Voilà, c'est mieux ! Bon. S'il existait une fable de la voiture bloquée derrière le camping-car, quelle serait la morale, à ton avis ?

Je fais mine de cogiter longuement, et d'avoir soudain une révélation.

— La morale de cette histoire c'est : les camping-cars, c'est le mal.

Il m'adresse une œillade noire, contrebalancée par un sourire en coin amusé.

— T'es qu'une rabat-joie. Quelles options s'offrent à nous ?

Je soupire, comme une élève blasée au fond de la classe.

— Doubler et enfin avancer, ou rester derrière en perdant un temps précieux et en s'énervant avec tes jeux à la con.

— Pas en perdant du temps. En le prenant, nuance ! Du reste, si on double pour aller plus vite, on peut gagner quelques minutes, certes, mais aussi courir des risques inutiles.

— Tu joues sur les mots.

— Ils ont leur importance, et ton père approuverait à cent pour cent !

— Mouais, si tu le dis...

— Autre option : on peut également faire une pause sur le bord de la route, savourer le paysage, et repartir quand ces touristes auront pris suffisamment d'avance pour ne plus nous enquiquiner.

— C'est ça, la morale ?

— Non, espèce de peste. La morale, c'est que la vie est faite de choix. Souvent, ils semblent inutiles, mais ils ont tous un impact sur notre destin, d'une manière ou d'une autre. Peut-être qu'en restant derrière ce camping-car, on va perdre quelques minutes, mais que grâce à ça, on arrivera dans un resto au moment où la meilleure table se libérera, tu vois ?

— Ou qu'au contraire elle va nous passer sous le nez, monsieur le philosophe.

— Mais qu'un essaim de guêpes attaquera les clients de la table en question.

Je saisis parfaitement ses arguments, mais je refuse de lui laisser le dernier mot.

— Tout ça, en fait, ce sont finalement des non-choix, tu ne crois pas ? On ne peut pas maîtriser son destin.

— Certes, mais on peut décider de présenter les événements déprimants sous un angle plus positif.

— Je vois. Youpi ! Vive ce camping-car qui roule à dix à l'heure et qui nous offre notre première leçon de vie du séjour !

— Bla-bla-bla, m'imite (mal) Timothée.

— Nan, mais tu as raison, nos choix impactent notre quotidien !

Il me donne une tape sur la cuisse.

— L'essentiel, c'est que j'aie réussi à te dérider !

Tim a à peine fini sa phrase que le clignotant du camping-car s'enclenche. Sa conductrice, une retraitée aux cheveux de fcu, se gare sur le bas-côté en nous saluant, nous laissant accélérer. L'habitacle de notre voiture de location se remplit de nos cris de joie.

Il est presque 17 heures lorsque nous atteignons la maison d'hôtes.

Nichée à flanc de montagne dans un cadre verdoyant et parfumé, la Casa di Babbo se situe à quelques kilomètres du port, mais suffisamment éloignée pour qu'on s'y sente seuls au monde. Somptueuses et authentiques, les différentes bâtisses qui composent le domaine me font penser à un hameau figé dans le temps. Je n'en reviens pas que Timothée ait pu y trouver une chambre à la dernière minute. En haute saison, il faut certainement réserver des mois à l'avance. J'envoie une photo à ma sœur et à mon père sur notre groupe WhatsApp, principalement pour rassurer mon père, puis nous nous dirigeons vers la salle qui sert à la fois de restaurant et de réception. Une odeur de pâtisserie embaume la pièce et me met l'eau à la bouche. La patronne essuie ses mains sur son tablier taché de chocolat et de farine et nous regarde avec douceur, puis avec compassion lorsque je lui apprends les motifs de notre séjour. Désolée de ne pas pouvoir nous aiguiller, elle promet néanmoins de montrer ce portrait à ses amis et de nous informer en temps et en heure. Ensuite, elle reprend son rôle d'hôtesse pour nous indiquer où se situent la piscine, le spa, ainsi que les diverses commodités. Elle finit par ouvrir la porte de notre chambre. La fenêtre présente une vue identique à celle offerte depuis la terrasse du restaurant, un mélange de végétation luxuriante et de point d'observation sur la mer. Je suis totalement subjuguée. Nous apportons nos valises et nous tapons dans la main pour nous féliciter de ce coup de chance, même s'il nous faudra repartir dimanche, puisque les chambres sont toutes louées à partir de cette date.

J'observe l'unique lit de la pièce, songeuse. Afin de réduire le budget, nous avons décidé de partager notre chambre en demandant, dans la mesure du possible, à avoir deux lits, tout en sachant que parfois, nous devrions faire lit commun, ce qui n'est pas un problème. Si mon corps, ce traître, a frémi sur le ponton tout à l'heure, il n'y a habituellement aucune ambiguïté entre nous. Nous avons souvent dormi ensemble, quand nous étions enfants, puis adolescents. Cela nous arrive encore, parfois. À l'exception d'un soir où nos hormones, la solitude, l'ambiance ou un subtil mélange de tout ça nous a conduits à déraper, nous n'avons jamais tenté quoi que ce soit. Cette fois-là, nous avions vingt ans, et toute la scène avait été clichée. En repartant d'une fête dans l'appartement d'un copain de Tim, nous nous étions retrouvés face à face dans l'espace exigu de l'ascenseur. Légèrement ivre, ce qui ne m'arrive jamais, j'avais vacillé et Timothée m'avait retenue. Je ne me souviens plus comment cela s'était produit, mais nous avions fini par nous embrasser. Ces baisers avaient été très doux, grisants, mais très étranges en même temps. Ils avaient presque un goût d'interdit. Cela serait peut-être allé plus loin si Tim ne m'avait pas regardée droit dans les yeux en me demandant, le souffle court : « C'est vraiment ce que tu veux ? » Ça l'était à cet instant précis, comme une urgence, comme une évidence, mais sa question m'avait fait l'effet d'une douche froide. Manifestement, lui ne le voulait pas. J'avais ri gauchement, affirmé que nous avions trop bu et qu'il valait mieux rentrer, que nous en reparlerions le lendemain matin. Gênés, nous n'avons jamais remis le sujet sur le tapis. Il nous a fallu faire semblant pendant quelques semaines avant de retrouver notre naturel et notre équilibre, pour une minuscule série de baisers. De fait, il ne nous est jamais venu à l'esprit de recommencer. Briser une amitié comme la nôtre pour une simple parenthèse agréable serait un crime, j'en suis persuadée.

De toute manière, il n'y a qu'à voir la manière dont il me salue, en m'embrassant sur le haut du crâne. Le bisou innocent déposé sur sa joue pour le remercier de m'avoir offert l'œil de sainte Lucie est un événement rarissime. Nous ne nous faisons jamais la bise. Nous nous prenons dans les bras, souvent, mais pas plus. Il me considère comme une sœur, je crois. Et si moi, j'ai ressenti une forte attirance pour lui pendant quelques années, ce que je n'avouerai jamais à personne même sous la menace, j'ai fini par ranger cette idée tout au fond de ma cervelle. Par l'enfermer à double tour. Je ne tombe jamais amoureuse, quoi qu'il en soit. J'éprouve des coups de cœur, des envies de tendresse, mais l'engouement des débuts finit irrémédiablement par retomber comme un soufflé sans levure. Selon Google, je suis aromantique, et rien à voir avec une plante. Ou peut-être que si, en fait. Mon cœur est un ficus et les hommes que je rencontre n'ont pas la main verte. Certes, j'éprouve un amour profond et sincère pour Timothée, mais il est purement amical. J'ai parfois eu envie de sentir son souffle dans mon cou, ses doigts dans mes cheveux, son corps contre le mien, mais c'est logique. Il est le seul garçon que je côtoie réellement, dont je ne me lasse jamais. Il figure dans tous mes souvenirs d'enfance, il appartient à mon présent, et je n'imagine pas mon avenir sans lui. En outre, il représente ce que je considère comme mon idéal masculin, même si je suis tout à fait consciente de ses défauts. Tim vit en permanence dans l'excès, en faisant tout pour entraîner les autres dans ses délires. D'autre part, sa propension à vouloir systématiquement avoir le dernier mot est souvent insupportable. Mais malgré ses imperfections qui le rendent attachant, il est beau, à la fois en dehors et en dedans. Il est fort et doux, intelligent et drôle. Et c'est mon meilleur ami. S'il y avait une leçon à en tirer, c'est que je dois jeter aux oubliettes les frissons ressentis aujourd'hui.

Tim sort de la salle de bains en maillot au moment où mon téléphone vibre sur le lit. Il m'annonce qu'il file à la piscine et je lui réponds que je le rejoins après avoir parlé à ma sœur. Lorsque la visio s'enclenche, la première chose que je remarque, c'est son air rayonnant. Célia est une adorable brune aux cheveux longs et à la peau mate. Curieuse, brillante et épanouie, elle a des idées plein la tête et se donne corps et âme pour aller au bout de ses projets. Je suis fière d'elle, et d'une certaine manière, je l'envie. Elle est libre, insolente, et elle n'a besoin de personne, à part peut-être un peu de moi.

— Coucou ! Comment tu vas ? Tourne l'écran que je voie le paysage !

Je m'exécute sous ses sifflements d'admiration. Juste devant la fenêtre, un bougainvillier crée un rideau de rose intense et de vert. Plus loin, le maquis s'étale sous nos yeux, et au fond, scintillant sous les rayons du soleil, la mer s'étend à perte de vue.

— Canon, s'époumone-t-elle.

— Et encore, tu n'as pas les odeurs...

— Nargueuse ! Comment tu te sens à l'idée de te trouver si loin de la maison ? T'arrives à gérer ? Pas trop de palpitations ?

— Oh hé, ça va ! Je n'ai pas vécu dans un bunker, non plus.

— Mouais, mais t'as jamais été la reine de l'aventure, tu ne peux pas dire le contraire !

— Crois-moi, tu serais surprise de me voir. On a réservé l'endroit où on allait dormir il y a moins de trois heures, et je te jure que je n'ai pas hyperventilé.

Un sourire radieux illumine ses traits.

— Je suis heureuse pour toi, Margaux. Ce début de séjour a l'air de te faire un bien fou. Tu as pris des couleurs, non ?

— Tais-toi, malheureuse ! J'ai promis à papa de me remettre de la crème solaire toutes les deux heures et de n'enlever mon chapeau sous aucun prétexte.

— Bon, et sinon, vous avez découvert quelque chose ?

— Pour le moment, rien de concret, mais on se doutait que ce ne serait pas du tout cuit.

— Au moins, il fait beau, profite !

— Il faudrait vraiment qu'on se prévoie des vacances tous les trois, avec papa.

— J'aimerais tellement. À la rentrée, je n'ai jamais rien à raconter à mes copains, moi.

— Tu ne t'en es jamais plainte, je m'étonne, surprise et peinée.

Les lèvres de ma sœur forment une légère grimace.

— Bah, c'est pas mon plus gros regret, mais j'ai l'impression qu'on a été, genre, assignés à résidence depuis toujours. J'ai envie de bouger, de découvrir autre chose…

— Je te le souhaite. Tu mérites un avenir à la hauteur de la merveilleuse personne que tu es.

— Pareil pour toi, Margaux. Et il est surtout temps que tu profites. Que tu te recentres sur toi. Tu nous as un peu trop portés, papa et moi. Mais j'ai quinze ans, je suis presque adulte, et même si j'aurai toujours besoin de toi à mes côtés, ce n'est plus de la même manière, tu comprends ?

J'acquiesce d'un sourire.

— Quant à papa, poursuit-elle, il est assez grand aussi, maintenant, enfin, genre, assez solide pour que tu arrêtes de t'occuper de lui. Tu n'as pas à te mettre entre guillemets en permanence.

— Entre parenthèses, tu veux dire ?

— Oh, c'est kif-kif.

— Pas tout à fait, mais… tu as sûrement raison.

En raccrochant, quelques minutes plus tard, je suis envahie par la mélancolie. Quelle femme serais-je devenue si *ce jour-là* avait perdu son « là » pour être une journée comme les autres ? La discussion sur les choix qui affectent notre vie a ranimé cette réflexion. Je pense que j'aurais d'abord été une adolescente désinvolte. Un brin rebelle, mais pas suffisamment pour m'attirer des problèmes. Fonceuse, probablement, surtout grâce à Timothée qui, à la faveur de sa carrure qui s'était transformée proportionnellement à sa popularité, m'offrait sa protection. J'aurais sans doute poursuivi un rêve quelconque, et l'aurais certainement abandonné en cours de route. Il est impossible de deviner quels obstacles le destin va mettre sur notre chemin, et finalement, chacun avance comme il peut avec ce que l'existence nous donne et nous reprend. Une chose est sûre, je n'aurais pas été si proche de mon père, qui, n'ayant pas à gérer une adolescente, un bébé et une incommensurable douleur, serait resté dans son agence de location à sourire à d'autres, du lundi au samedi. Je n'aurais pas non plus cette relation si fusionnelle avec Célia, que j'ai dû éduquer et à qui j'ai servi de repère. Peut-être même qu'en m'éloignant pour poursuivre des études ou pour trouver un job, je me serais aussi éloignée de Timothée.

Je n'ai jamais pris la peine de regarder mon quotidien sous cet angle, mais la disparition de ma mère a été comme un immense camping-car qui nous bloquait totalement la route, ne nous laissant d'autre choix que d'attendre et d'espérer. Et si cet événement a affecté nos vies tout entières, des choses positives en ont également découlé.

Doit-on regretter tous les « *ce jour-là* » d'une vie ? Ou contribuent-ils à nous faire devenir la personne qu'on est ? Comment s'en affranchir pour passer de celle qu'on est à celle qu'on voudrait être ? Et est-ce que retrouver ma mère pourra m'y aider ?

12

Je retrouve Timothée occupé à faire des longueurs dans la piscine. Il est tellement grand qu'en trois mouvements, il atteint le bord, mais il continue inlassablement. Mon ami a une soif viscérale de bouger, de faire mille choses, d'être dans l'action. Et si j'aime que mon cerveau n'ait pas le loisir de se poser, pour mon corps, c'est autre chose. Je m'allonge sur un transat et respire à pleins poumons. J'ai une prédisposition pour identifier les odeurs. Mon père prétend, avec toute l'objectivité paternelle qui le caractérise, que je suis un nez. Pourtant, ici, nombre d'entre elles me sont inconnues. J'essaie d'en emprisonner certaines dans mes souvenirs olfactifs, afin de pouvoir créer des bougies qui me rappelleront ce séjour, une fois que nous serons rentrés.

Une fois que nous serons rentrés…

Je m'admoneste mentalement. Nous ne sommes arrivés qu'hier, et me voilà déjà à plonger dans la nostalgie du retour, alors que d'ici là, si nous retrouvons ma mère, ma vie aura été totalement chambardée. Mais je ne dois pas y penser non plus pour le moment. Timothée n'a pas tout à fait tort, il faut que je me secoue et que j'apprenne à profiter de l'instant présent sans établir des listes à rallonge pour organiser la suite. Les paupières closes, je me promets d'essayer.

Des gouttes d'eau me tombent dessus. Je sursaute et crie.

— Putain, Tim ! C'est gelé !

— Mais c'est rafraîchissant ! clame-t-il, hilare, en remuant ses cheveux au-dessus de moi.

— Je ne savais pas que j'étais partie avec un labrador qui s'ébroue après chaque bain !

Il s'esclaffe en s'affalant sur le transat à côté du mien.

— Attends, estime-toi chanceuse. Un labrador est joueur, malin, tendre et affectueux. Imagine, tu aurais pu tomber sur ces espèces de petits roquets qui passent leur temps à grogner !

L'image de mes derniers ex me traverse l'esprit. Mon problème vient probablement du fait que je ne sors qu'avec des roquets, que je jette au moindre pas de travers sans aucune considération, sans doute parce que je suis convaincue de ne pas mériter la compagnie d'un labrador. J'agis ainsi depuis toujours, et sur ce point, je n'ai pas changé.

Cette pensée me ramène à une autre.

Le regard rivé sur le drapeau orné d'une tête de Maure qui flotte doucement dans la brise, parce que c'est plus facile de ne pas regarder Tim dans les yeux, je demande :

— Tu te souviens quand tu m'as dit que l'adolescente que j'étais te manquait ?

Je le sens se tendre à côté de moi.

— Tu es certaine de vouloir en reparler ?

— J'aimerais bien, oui. Parce que j'y ai réfléchi, et je suis parvenue à la conclusion que l'adolescente que j'étais, tu la côtoyais quand on avait treize, quatorze, quinze ans. Donc, cette fille aurait, quoi qu'il arrive, évolué, grandi.

Du coin de l'œil, j'observe sa réaction.

— Soit, mais... pas de cette manière, affirme-t-il dans un haussement d'épaules.

— Comment savoir ? Rappelle-toi de la théorie du camping-car ! Mon père aurait pu nous quitter, ma mère se tuer dans un accident, nous aurions pu déménager... Peut-être que même si mon quotidien était resté comme cette mer d'huile qu'on voit au loin, je serais devenue celle que je suis aujourd'hui ?

Timothée attrape une serviette posée derrière lui et l'attache autour de sa taille avant de se rasseoir et de plonger son regard dans le mien.

— Je comprends, mais je présume que ce qui s'est passé a justement contribué à te replier sur toi-même, petit à petit. Et ça ne serait pas grave, si j'étais à cent pour cent certain que tu as choisi ta vie actuelle et qu'elle te comble de joie. Mais malgré les efforts que tu déploies pour que ta famille et moi pensions que tout va pour le mieux, j'ai du mal à y croire réellement.

Je regrette soudain d'avoir ramené le sujet sur le tapis. Malheureusement, il est trop tard pour reculer.

— Pourtant, je me défends, je t'assure que j'ai une vie sympa, sans soucis, truffée de plein de moments joyeux...

Un pli se creuse entre les sourcils de Timothée.

— Excuse-moi, Margaux, mais c'est ta définition du bonheur ? « Sympa, sans soucis, joyeux » ?

— J'ai du boulot, des collègues que j'apprécie, quelques loisirs, une famille, et un meilleur ami, je marmonne, avec la fâcheuse impression de me justifier et de manquer d'arguments convaincants. C'est pas mal, non ?

— Hum... Un taf à l'usine ou des missions précaires. Des collègues plutôt que des potes. Des hobbys dans lesquels tu ne t'impliques pas outre mesure. Et des statistiques et autres faits insolites qui te servent de bible autant que d'une carapace pour ne pas vivre à fond.

Sa phrase me cloue sur place, et il me faut quelques secondes pour recouvrer mes esprits.

— Eh bien, quel ravissant tableau tu brosses de moi, je m'offusque, choquée, en sentant les larmes monter. Si c'est l'image que je te renvoie, je me demande pourquoi on est amis.

Il se redresse subitement.

— Je t'interdis de dire ça. On est amis parce qu'on n'a pas besoin de parler pour se comprendre, parce qu'on pense systématiquement au bonheur de l'autre avant le nôtre, parce qu'on est toujours là dans les bons moments comme dans les pires. Et tu es une femme extraordinaire. J'aimerais simplement que tu le voies, toi aussi, et que tu acceptes de le montrer aux autres au lieu de te cacher.

Il fait une pause pendant laquelle j'en profite pour refouler les larmes qui s'obstinent à perler au bord de mes cils. Il est énervant à me secouer tout en jouant sur la corde sensible. Comment lui en vouloir ?

— Franchement, Margaux, reprend-il avec douceur. Est-ce que tu t'épanouis pleinement ? Est-ce ainsi que tu voyais ton futur quand tu avais quinze ans ?

— On ne peut pas tous vivre la vie dont on rêvait quand on était adolescents...

— Certes, mais on peut essayer de s'approcher au maximum de notre idéal, d'atteindre nos objectifs.

— C'est facile pour toi, je raille. Tu as exactement tout ce que tu voulais quand tu avais quinze ans.

Il secoue la tête et me fixe droit dans les yeux.

— Pas tout, mais je m'y emploie.

Son regard me perturbe plus que d'ordinaire. Pourquoi ai-je repris cette conversation ? Avais-je besoin de tendre le bâton pour me faire battre ? Cependant, j'essaie de ne pas me laisser dominer par mes émotions et d'analyser ses propos avec objectivité.

— Je suis d'accord avec toi, je finis par admettre au bout de quelques secondes. Il y a certaines envies que je pourrais essayer d'assouvir. Enfin… je suis en Corse avec toi, et c'est un grand pas en avant, n'est-ce pas ?

Un sourire désarmant se dessine sur ses lèvres.

— Absolument, Margaux. Désolé si je t'ai heurtée. Je t'en parle parce que tu as abordé le sujet, et que tu attendais une réponse honnête. Mais je ne retire pas mes compliments de l'aéroport. Tu assures, vraiment.

Me voilà rassurée, dans une certaine mesure. Je devrais conclure sur cette note positive. Toutefois, il m'apparaît clairement que me livrer ainsi est un moyen de lâcher prise, alors, sans l'avoir prémédité, je confie ce qui me pèse sur le cœur et que je n'ai jamais osé dévoiler à personne, pas même à moi-même :

— Parfois, j'ai peur de finir comme elle. Je me suis déjà imaginé tout quitter, moi aussi. Plusieurs fois.

— Mais tu ne l'as pas fait.

— Évidemment que non. Pour aller où, pour faire quoi ? Je ne sors jamais de ma zone de confort, alors m'extirper de ma vie… D'autant plus qu'une folie de ce genre achèverait mon père, et que je ne pourrais jamais abandonner Célia.

— Tu vois… Je ne crois pas que le penser ou le craindre soit négatif. Au contraire. Rappelle-toi les propos de Marie-Line. La peur est utile et saine, elle existe pour nous permettre d'éviter les dangers.

— Sauf que mes peurs à moi, elles m'empêchent de vivre… C'est une des raisons qui font que j'apprécie tant mes repères, que mon quotidien est un interminable enchaînement de routines maîtrisées, et que je ne m'attache pas trop aux gens qui seraient susceptibles d'y entrer. Mais je m'interdis d'y déroger, parce que j'ai le désagréable sentiment que si je sors du parcours balisé par mes soins, je pourrais vriller totalement.

— Avoir un cadre n'est pas forcément mauvais.

— C'est vrai. J'ai d'ailleurs entendu dans un podcast que les rituels de Flaubert étaient exactement identiques chaque jour.

— Tu veux devenir écrivain ?

— T'es bête. Les automatismes libèrent la pensée, c'est un fait avéré ! Voilà pourquoi j'apprécie de travailler à l'usine. Pendant que je répète les mêmes gestes, des dizaines de projets se dessinent dans ma tête. Mais comme je crains de m'y mettre concrètement, ils restent à l'état de jolies idées. Je me force à les laisser en plan, noyés dans mes angoisses. J'aimerais retrouver l'insouciance de nos quinze ans.

— On est ici pour ça, Margaux, me rassure-t-il. Je veux dire… d'accord, on cherche ta mère. On donne tout ce qui est en notre pouvoir pour comprendre les raisons de son départ. Mais c'est surtout pour que, toi, tu puisses avancer, et aussi…

Il bute sur la fin de sa phrase. Alors que je pense qu'il va simplement s'arrêter, il poursuit :

— Pour retrouver l'émerveillement qui te caractérise. Tu as toujours été curieuse, ouverte, amusante, attentive aux autres. Tu l'as encore, au fond de toi. Cette faculté de discerner un ours polaire ou un palmier dans la forme d'un nuage, d'élaborer des règles pour que chaque conversation dure le temps d'une chanson, de t'émouvoir de la beauté de ce qui t'entoure. Tu possèdes une immense sensibilité et beaucoup de talent. Regarde tes bougies, par exemple, tu crées des merveilles et tu n'en fais rien ! Tu te l'empêches depuis des années parce que tu joues le rôle de la fille qui assure, qui avance, qui gère. Sans jamais essayer de te dépasser par peur de l'échec.

Sa tirade me scotche. Je sens mes joues s'enflammer. Finalement, j'ai peut-être bien fait de relancer cette discussion. Je plaisante pour cacher mon embarras.

— OK, stop ! Je crois que j'ai saisi l'idée !

Timothée accroche son regard au mien :

— C'est rare que tu t'ouvres ainsi, mais je suis heureux que tu le fasses, pour toi comme pour moi. Réussir à exprimer nos maux est essentiel, salvateur. Et je suis et serai toujours là si tu as besoin de parler.

Je souris, reconnaissante, tout en pensant que, avec tout ce que je garde enfoui au fond de moi, la route risque d'être tortueuse.

— Je pense que ce voyage peut m'aider, en tout cas. J'aspire à faire la paix avec mon adolescence. J'espère vraiment qu'on va retrouver ma mère.

3 octobre 2012

Je me suis réveillée sur la plage, sans même me souvenir d'y être venue.

Il faut dire que je dors de moins en moins bien ces derniers temps, et j'en connais les raisons.

Il y a quelques jours, j'ai surpris une discussion entre Lina et un homme.

Depuis, cette image tourne tellement dans ma tête qu'à force, je ne sais plus si c'était un songe ou la réalité.

À vivre dans ma bulle, je perds la notion du vrai et du faux.

Je crois qu'il s'agissait d'Augustin, l'homme que j'ai rencontré l'an dernier et que j'ai revu à plusieurs reprises sans oser lui parler.

Se pourrait-il que Lina et lui vivent une histoire ?

Lina côtoie du monde, elle sort beaucoup, elle a besoin de parler…

J'en suis consciente, et je l'accepte.

Mais entamer une relation avec un homme, c'est mettre la nôtre en danger.

Et ce serait injuste.

Moi, j'ai tout quitté pour la retrouver.

Je me sens perdue, mais je n'ai pas la force de me confronter à elle.

J'aime cette existence telle qu'elle est.

Simple. Douce.

Un homme viendrait la compliquer.

Je sens les fantômes de ma vie précédente refaire surface.

Lina m'avait promis qu'ensemble, nous oublierions tout ce qu'il y a eu avant, tout ce qui m'a contrainte à me réfugier chez Jéromina.

Mais les cauchemars ressurgissent, les migraines également.

Et je suis sûre que c'est à cause d'elle.

13

« Le bonheur est souvent juste en face de nous. Il suffit d'ouvrir les yeux. »

Nul besoin de chercher une signification à ma citation, ce matin. J'ai ouvert les volets avant de tirer la carte de mon jeu, et si le bonheur devait s'entourer d'un paysage, ce serait celui-ci. Le soleil a investi la chambre, les odeurs de la nature flottent autour de moi, et je me sens anormalement paisible. Même ma discussion d'hier soir avec Tim ne me provoque ni réflexions ni réparties tardives ou regrets.

Notre petit déjeuner pantagruélique englouti, nous nous mettons en route pour Macinaggio, le port le plus proche de notre lieu de villégiature.

Pendant deux heures, nous arpentons les commerces et les ruelles, comme si nous étions à la recherche d'un animal perdu la veille. À deux reprises, pourtant, nos interlocuteurs ravivent une bouffée d'espoir, mais alors que Timothée note leurs explications avec fébrilité, de mon côté, je déchante rapidement. Leurs témoignages ne coïncident en aucune façon avec ma mère.

Attablée à une terrasse de café face au port, je ravale mes désillusions. Certes, je n'étais pas prête à tomber sur elle en descendant de l'avion, mais je ne m'attendais pas non plus à tous ces regards compatissants braqués sur moi. « C'est votre maman ? Elle a disparu il y a longtemps ? » Ces questions me ramènent inexorablement vers le passé.

— Comment tu te sens ? s'enquiert Timothée.

— C'est plus difficile que ce que je m'étais figuré. Qu'est-ce que j'imaginais, en fait ? Que la Corse serait un grand de jeu de pistes parsemé d'indices qui nous guideraient jusqu'à ma mère ?

— Une enquête est constamment faite de hauts et de bas, de phases où tout s'imbrique naturellement et d'autres où le découragement prend toute la place.

— Vis ma vie avec un maître d'escape game, j'ironise, avant de me plaindre : Franchement, j'ai l'impression de chercher une aiguille dans une botte de foin.

— Il y a quand même deux personnes qui ont cru la reconnaître.

— Tu parles ! je marmonne, aigrie, en ouvrant mon carnet. On peut rayer le gars qui était persuadé d'avoir reconnu sa tante.

— Celui-ci, oui. D'autant que la tata en question doit probablement être centenaire étant donné la description. Mais on peut vérifier la piste de la personne qu'on a croisée sur le port.

— Mouais. L'hypothèse de la femme brune qui va nager tous les jours entre midi et quatorze heures sur la plage de Tamarone… Je suis dubitative. Ma mère détestait nager, elle avait peur de l'eau.

— Peut-être qu'elle a appris à aimer…

— Si c'est le cas, ce paramètre élargit le champ des possibles, je maugrée, la voix chargée d'amertume. Quinze ans sans nouvelles, il peut s'en passer des choses. Qui sait, elle est peut-être devenue monitrice de ski nautique, éleveuse de cochons sauvages ou même un homme barbu et bodybuildé qui parcourt le cap Corse sur sa Harley.

— Quoi qu'il en soit, la plage est à quelques minutes d'ici, et d'après les avis des internautes, c'est un point d'intérêt non négligeable. Au pire, on aura au moins l'occasion de se baigner. On pourrait même y aller à pied, par le chemin de randonnée !

— Dans tes rêves, la rando !

Nous reprenons donc notre voiture pour accoster sur ce qui, d'après Google, ressemble au paradis.

Mais avant de goûter l'Éden, il faut visiblement passer par l'enfer.

— À droite. Non, à gauche ! Tourne !

— Y a pas de route, Margaux, s'énerve Tim, les dents serrées.

— Ah merde. Je crois que le GPS s'est chopé une insolation, il nous envoie partout et nulle part en même temps… Existe-t-il vraiment une route ou est-ce que Waze essaie de nous faire tourner en bourrique ?

Depuis vingt minutes, nous revenons sans cesse à la même position, sans parvenir à trouver l'itinéraire. Heureusement que nous avons loué un modèle ultra-compact de voiture, car voilà Timothée obligé d'opérer un demi-tour dans un chemin minuscule, entre deux dos-d'âne et autant de fossés.

— Peut-être qu'en fait, la plage n'est accessible que par le sentier des douaniers ? raisonne Tim à voix haute. On aurait dû opter pour la randonnée !

— Ou alors cette plage n'est qu'une légende urbaine, enfin portuaire ! Quant à ton idée de randonnée, tu sais où tu peux la mettre.

— Je veux bien que tu me le précises, ricane-t-il.

Au moins, j'ai réussi à le dérider.

— Sérieusement, est-ce que j'ai une tête à faire de la randonnée ?

— La tête, je ne sais pas, mais deux pieds, oui, et c'est avec ça qu'on marche.

— Et toi tu marches sur la tête, si tu penses me convaincre. Tu veux laisser tomber ?

— Abandonner n'est jamais une option. Note-le dans ton carnet, sur ta *bucket list* !

— Il me semblait que l'un de nous deux ici avait dit un truc du genre « À mort les listes », et que cette personne, ce n'était pas moi ! Tiens, tourne à gauche.

Il obéit en ruminant.

Quelques instants plus tard, il est forcé de constater qu'il a bien fait de m'écouter. Mes indications nous mènent sur une route cahoteuse, mais susceptible de nous conduire vers la plage. Nous évoluons sur un sentier poussiéreux, rempli de trous, de bosses, d'ornières et de gros cailloux. Sur notre droite, des chèvres semblent nous juger de leur rire insolent, leurs clochettes jouant les publics hilares.

Alors que nous nous demandons pour la troisième fois si la voiture ne va pas rebrousser chemin toute seule tant la côte est compliquée à grimper, nous parvenons sur un point de vue qui surplombe la plage. Tim coupe le moteur en sifflant d'ébahissement.

Mon cœur se gonfle d'admiration, mes yeux d'une émotion impossible à maîtriser.

Devant ce paysage plus émouvant qu'un tableau, l'expression « à couper le souffle » prend tout son sens, littéralement. Tout est couleurs. Le vert du maquis, le beige du sentier des douaniers qui serpente, le doré du sable, le camaïeu de bleus de la mer et le blanc des voiliers qui ont jeté l'ancre… Tout mon être est conquis. On dirait un puzzle de mon père.

Il nous reste quelques centaines de mètres à parcourir, mais nous ne ressentons plus les cahots avec la même intensité.

— Pas de phrase philosophique ? je demande à mon conducteur, sarcastique.

— On verra après notre baignade, assène-t-il dans un sourire.

Nous commençons par scruter les nageurs, puis les gens occupés à bronzer ou à bouquiner sur la plage. Sans succès. Il n'y a personne qui ressemble de près ou de loin à ma mère dans les environs. Je m'en doutais, mais un drôle de sentiment s'invite dans ma tête. Est-ce du soulagement ou une nouvelle désillusion ? Je ne suis même plus capable de trancher. La baignade me permettra de penser à autre chose.

Un banc de sable s'étend sur une cinquantaine de mètres. En étoile de mer, je contemple le ciel et les montagnes en arrière-plan, en faisant le vide dans mon esprit. Timothée, lui, s'est éloigné avec son masque et son tuba pour observer les profondeurs de la mer.

— Hey, la petite sirène, tu n'as pas faim ?

Avant de boire la tasse, je pose les pieds sur le sable fin qui, tel un tapis ergonomique, s'écrase sous mes orteils, et me moque de lui.

— Faim ? Mais on vient de petit-déjeuner !

— Oui mais rappelle-toi, je suis un labrador. Regarde, la paillote est ouverte, et peut-être que le patron acceptera d'afficher notre avis de recherche…

La terrasse de la paillote est ombragée par de larges voiles qui flottent en cadence avec la brise, et nous accueillons nos boissons fraîches avec satisfaction.

— Au fait, je dis en lorgnant sur son verre. Je ne voudrais pas t'affoler, mais j'ai appris que les Perrier rondelle ne sont pas terribles pour la santé.

— En quel honneur ?

— Parce que les rondelles de citron sont remplies de bactéries, à force d'avoir été manipulées par des mains sales. Une étude a même conclu qu'on y retrouvait des traces de matières fécales.

Ma remarque me vaut un regard noir de la part du serveur et un rire étouffé de Tim.

— J'aimerais te voir balancer cette info pendant l'happy hour, quand tout le monde se rue sur les mojitos, répond-il, hilare.

— Eh non, justement, parce que le rhum, à l'inverse du Perrier, tue les bactéries.

Tout à coup, Tim se tient le ventre à deux mains en mimant l'empoisonnement. J'éclate de rire, alors que son portable se met à sonner.

Il s'éloigne en me faisant signe qu'il revient.

— C'était Cindy ? je demande quand il se rassoit.

— Non, pourquoi m'appellerait-elle ?

— Parce que tu ne l'as pas eue au téléphone depuis qu'on est partis ?

Je me retiens d'ajouter un « Et parce qu'habituellement, elle te bombarde de SMS, d'autant plus quand elle sait qu'on est ensemble. »

— C'est assez normal, elle a un nouveau copain.

J'écarquille les yeux.

— Quoi ? Mais depuis quand ?

— Je n'ai pas noté la date précise de leur premier rencard, plaisante-t-il.

— Tu sais parfaitement ce que je veux dire. Depuis quand vous n'êtes plus ensemble ?

— Un bon mois.

— Mais attends, l'autre jour, je t'ai demandé si elle ne voyait pas d'inconvénient à ce que tu viennes avec moi, et tu m'as assuré qu'il n'y avait pas de souci.

— Bah oui, et c'était vrai, ce n'est plus un souci.

— Tu joues sur les mots… Pourquoi tu ne m'en as pas parlé avant ?

— Parce qu'il n'y avait pas grand-chose à en dire…

— Votre histoire a quand même duré plusieurs mois… Tu le vis bien ?

— Ne t'inquiète pas pour moi. C'était agréable, mais elle voulait quelque chose de plus sérieux, et moi non. Cindy est trop… comme moi, alors que j'ai besoin qu'on me canalise.

— Comment ça ?

— Entre mes activités sportives, l'escape game… Je ne prends le temps de me poser que quand je passe mon dimanche après-midi sur ton canapé, avec toi. Et, j'aimerais plus de moments de ce genre.

Une sensation indéfinissable s'empare de ma poitrine, et sûrement aussi de mes lèvres puisque Tim me demande :

— Tu m'expliques ce sourire en coin ?

Je rougis, au comble de la gêne. Même si je n'avais pas d'affection particulière pour Cindy, qui me le rendait d'ailleurs bien, je ne veux pas qu'il imagine que leur séparation me réjouit.

— Rien. C'est juste que j'ai toujours peur que tu te forces à venir passer tes dimanches avec moi, du coup, apprendre que tu les apprécies me rassure.

Timothée arque un sourcil stupéfait.

— Tu plaisantes ? Ce sont les moments les plus agréables de ma semaine. Si je fais le bilan, je me rends compte que je ne suis sorti qu'avec des filles du genre de Cindy et que pour me projeter concrètement, il me faudrait quelqu'un avec un tempérament comme le tien. Quelqu'un qui, par sa façon d'être, me tempère dans mes excès.

Mes poils se sont dressés aux mots « comme le tien ». Timothée ne pense aucunement à moi, mais mon cerveau, ce fourbe, l'a… espéré ? Je cache mon trouble en ricanant bêtement.

— Arf, je comprends. Moi, en général, je perçois que c'est voué à l'échec avant la fin du premier rendez-vous.

Timothée se racle la gorge.

— Toi, c'est différent, tu ne laisses aucune chance à personne.

— C'est pas de ma faute, je suis…

— Aromantique, oui, tu me l'as déjà dit un milliard de fois. Sauf que je n'y crois pas une seule seconde.

— Ah bon ? Tu es un spécialiste des relations amoureuses, maintenant ?

— Non. Je constate, c'est tout. Tu ne traînes qu'avec des types auxquels tu ne t'accrocheras jamais.

— Parce que je ne suis jamais tombée sur le bon.

— Mouais. Je pense plutôt que c'est parce que tu refuses de vivre une vraie histoire. Et je suis sûr qu'à la fin de ce voyage, quand tu auras noté toutes les leçons de philosophie qu'on aura tirées de nos escapades, tu pourras rayer la mention aromantique de ton CV.

— Pourquoi, tu comptes me faire tomber amoureuse ?

Ma phrase à peine prononcée, je sens mes joues se réchauffer, consciente de ce que je viens de dire et de la manière dont il serait susceptible de l'interpréter. Timothée, lui, se contente de m'adresser un clin d'œil qui me met encore plus dans l'embarras.

L'arrivée de nos assiettes m'offre une issue inespérée.

14

Nous finissons de déjeuner lorsque le patron de la paillote arrive. Le serveur, un Toulousain présent seulement pour la saison, n'a pas pu nous renseigner, alors je décide de tenter ma chance.

Mon avis de recherche dans la main, je lui sers mon discours, désormais bien rodé. Il regarde la photo, et cligne des yeux un peu trop longuement, comme s'il reconnaissait quelqu'un. Je retiens ma respiration en identifiant ce sentiment qui vient de s'inviter. C'est l'espoir. Et si je l'ai souvent ressenti, je sais aujourd'hui que ce n'est pas une émotion positive lorsqu'elle est couplée à une déception. L'espoir pèse lourd. Il peut apporter l'agacement, l'amertume, le découragement, et vous détruire à petit feu. Il ne se dévoile pas, se garde au creux de soi. C'est la raison pour laquelle j'ai décidé autant que faire se peut de le bannir de mon existence.

Le patron secoue la tête, me prouvant encore une fois à quel point ce sentiment peut faire mal.

— Non, navré, conclut-il finalement. Elle me fait penser à quelqu'un, mais elle est trop jeune par rapport à votre description. Mais je ne peux pas vous assurer qu'elle n'est pas une habituée de la plage. Ici, en plein été, il y a tellement de monde qu'on n'a pas le temps de regarder plus loin que le bout de nos assiettes. Donc les nageurs peuvent passer un milliard de fois : s'ils ne viennent pas boire au moins un café, on ne les remarquera jamais.

— OK. Merci quand même. Vous serait-il possible d'afficher cet avis ? Peut-être que quelqu'un pourrait le voir…

— Aucun problème, mais on ferme en fin de semaine, la saison est finie. En revanche, j'y pense, si vous voulez rencontrer un bon paquet de locaux au même endroit, j'ai une adresse à vous indiquer.

— Ah oui ? Laquelle ?

— Il y a un concert de chants corses à la chapelle Santa-Maria, près du port. C'est un groupe assez connu dans le coin, et ils sont nombreux à s'y rendre. Si je ne me trompe pas, le concert démarre à 18 heures.

Malgré la probabilité qu'il y ait effectivement du monde, j'hésite à en parler à Tim. Pour aujourd'hui, j'ai besoin de ne plus espérer, et de ne plus être déçue. Pourtant, je suis incapable de lui cacher l'information, et son énergie me remotive.

Nous retournons nous baigner, et en fin de journée, fourbus et aussi gorgés de soleil que des fruits bien mûrs, nous rejoignons Macinaggio.

Sur le parvis de la chapelle, un attroupement est déjà formé alors qu'il n'est que 17 h 30. Les spectateurs patientent devant un homme vêtu d'une chemise à fleurs et entrent dans l'édifice sitôt leur ticket acheté.

Nous n'avons le temps d'interroger qu'une dizaine de personnes qui, pressées de se dénicher la meilleure place possible, daignent à peine nous adresser la parole.

— C'est trop bête, je fulmine, oubliant que quelques heures auparavant, je ne voulais plus y croire. On devrait les attendre à la fin du concert pour les obliger à regarder.

Le visage de Timothée s'éclaire.

— Quitte à les attendre, pourquoi ne pas y assister ?

C'est ainsi que nous nous retrouvons installés au premier rang.

— On n'est pas trop près de la scène ? me demande Tim en casant avec difficulté ses longues jambes dans l'espace exigu entre le banc et les boiseries qui nous séparent des instruments de quelques mètres à peine.

— On risque de bénéficier d'un show musical option haleine fraîche et postillons, je rétorque, ce qui le fait pouffer de rire.

Dans son regard brille le signe qu'une répartie est en train de germer, mais il n'a pas encore ouvert la bouche que le silence emplit la chapelle.

Celui qui vendait les billets d'entrée s'installe face à nous et entame une chanson a cappella. Sa voix puissante vibre dans l'édifice et dans ma cage thoracique. Il termine sous les applaudissements d'un public déjà conquis, et enchaîne directement avec les trois autres membres du groupe.

Pendant deux heures, je suis transportée ailleurs. J'avais en tête l'image de vieux bergers corses, une main sur l'oreille et l'autre sur le cœur. Mais je n'avais pas conscience des émotions que leurs chants allaient convoquer. Les notes résonnent dans ma tête, dans ma peau, dans mon âme. Ne pas saisir le sens des paroles n'enlève rien à la beauté du récital, au contraire. Je suis gagnée par la nostalgie, la passion, la douceur, la profondeur, et toute l'universalité de la musique. Je ne peux m'empêcher d'établir un parallèle avec la vie. Parfois, les sentiments se réveillent sans que l'on comprenne pourquoi, et il n'est pas nécessaire de se poser la question, il suffit d'accepter. J'attrape la main de Timothée et mêle mes doigts aux siens. Il m'adresse un sourire désarmant.

Alors que le concert touche à sa fin, les chanteurs interprètent un morceau qui fait trembler mon cœur comme sous les coups d'un feu d'artifice. Ma gorge se noue et des larmes montent. Je ressens au plus profond de mon être que nous venons de vivre une parenthèse hors du temps, un instant de pure félicité.

Nous nous levons pour une standing ovation, et en croisant le regard de Tim, je constate qu'il partage mon ressenti.

Puis nous regagnons le perron de l'église, afin de montrer le portrait aux spectateurs qui sortent de l'édifice. Rapidement, un embouteillage se crée, chacun y allant de son petit mot, alpaguant un voisin, un cousin, ou un frère. Les suppositions pleuvent, et ce que j'imagine être des fausses pistes également, jusqu'à ce que le premier chanteur nous rejoigne, curieux. Il regarde la photo et penche la tête d'un air entendu.

— J'ai déjà vu cette femme, assure-t-il.

Mon sang bouillonne dans mes veines.

— Il y a longtemps ?

— Quelques années, environ six ou sept, voire plus, répond-il. Avec toutes ces tournées, on perd la notion du temps, mais pas des gens, heureusement. C'était après un concert, on était allés boire un verre avec le cousin de Lisandru, un des membres du groupe, et elle l'accompagnait. On avait passé une charmante soirée, à chanter sur la terrasse, voilà sûrement pourquoi son visage est resté dans mon esprit. Vous lui ressemblez beaucoup, ajoute-t-il.

— Vous souvenez-vous de son prénom ? D'un détail, quel qu'il soit ?

Il se concentre, puis secoue le menton en signe de négation.

— Non, désolé. Peut-être que Lisandru saurait, ou qu'il pourrait demander à son cousin. Il n'est pas là ce soir, parce que sa femme a accouché, mais je peux lui envoyer un message et vous contacter ensuite ?

Je lui tends l'avis de recherche et constate que mes mains tremblent.

J'ai l'intime conviction que nous nous approchons de quelque chose, et si je désespérais que ce moment se produise, me sentir si près du but me provoque une trouille monumentale.

Nous le remercions vivement et commençons à nous éloigner, lorsque Timothée revient sur ses pas :

— Une dernière chose, demande-t-il. Vous vous souvenez de la ville où ce concert avait lieu ?

— Dans l'église Santa-Giulia, à Nonza.

Nonza, un village du cap Corse.

3 juin 2013

Je suis ivre de danses, de bière et de liberté.

Ce soir, je suis sortie de mes sentiers battus, me suis confrontée au monde réel, et contre toute attente, j'ai adoré ce moment.

Lina rêvait d'assister à un concert de chants corses donné dans l'église Santa-Giulia.

Elle avait tellement envie de s'y rendre que je n'ai pas eu à cœur de l'en priver, alors nous y sommes allées ensemble.

Moi qui aime tant le silence, je me suis surprise à tressaillir dès les premières notes qui sont montées dans la chapelle.

Les paupières closes, j'ai laissé les voix puissantes imprégner chaque parcelle de mon corps, de ma peau, de mon âme.

J'ai ressenti la musique plus viscéralement que jamais.

Je suis entrée dans une sorte de transe.

Le concert terminé, quelques spectateurs ont rejoint le groupe sur la terrasse du café de la Tour.

Lina et moi étions parmi eux, et sa présence m'a donné le courage de me sociabiliser. Alors que clients et chanteurs se lançaient dans un concert improvisé, j'ai ajouté ma voix à celle des autres.

J'ai chanté, dansé, vibré, jusqu'à m'en étourdir.

Le regard d'Augustin s'est posé sur moi, avec douceur, bienveillance, mais aussi un peu d'envie. Au fond de mon ventre, des sensations oubliées ont crépité, et mon esprit s'est apaisé. Tellement, que je n'ai remarqué la disparition de Lina qu'au moment où, en éteignant les guirlandes lumineuses de la terrasse, le patron du café nous a donné le signal de départ.

Allongée dans mon lit, les volets grand ouverts pour apercevoir les reflets de la lune dans la mer, je me repasse encore et encore cette soirée féérique.

J'ai envie de vivre encore plus intensément.

Serait-il finalement envisageable que j'aie droit au vrai bonheur ?

Que me mêler aux autres ne soit pas dangereux ?

Si c'est le cas, pourrais-je un jour retrouver ma famille ?

Je me surprends à rêver tout éveillée.

15

« AFFRONTER LA RÉALITÉ EXIGE DU COURAGE. L'accepter nécessite de la bienveillance. » Décidément, cet oracle vise toujours pile là où ça fait mal. Je n'en reviens pas. On dirait ces publicités qui se pointent de manière intempestive sur les réseaux sociaux alors qu'on vient d'avoir une conversation sur l'objet en question quelques minutes auparavant.

Hier, nous avons avancé une case sur l'échiquier de notre enquête, et si je ne veux pas m'enflammer, je pressens que cette dernière découverte est susceptible de nous mener quelque part. Il me tarde de rejoindre Nonza, mais avant, nous devons passer par Luri.

En effet, l'exposition grâce à laquelle nous avons atterri en Corse sera ouverte cet après-midi. À quelques heures de nous y rendre, je ne sais plus si j'ai envie de voir ce portrait en vrai ou si je préfère aller admirer les vagues et ne repartir que lorsqu'elles auront terminé leur va-et-vient. Mon estomac est si lourd que j'ai l'impression d'avoir avalé du béton.

La matinée s'étire en longueur. Tim, qui semble s'être levé du pied gauche, saute sur son téléphone à la moindre notification. Est-ce Cindy qui tente de le récupérer ? Une nouvelle conquête ? Après un énième SMS, mon ami me fait signe qu'il est l'heure d'y aller.

Je monte dans la voiture comme si je me rendais à la guillotine.

Selon le GPS, Luri se situe à moins de vingt kilomètres. Toutefois, l'expérience nous a appris qu'en Corse le nombre de kilomètres ne voulait strictement rien dire, et que le temps pouvait être rallongé par l'état des routes ou de la circulation, voire par les vaches, les chèvres ou les cochons sauvages qui broutent nonchalamment le bitume.

Mon ami, d'ordinaire si enjoué, ne desserre pratiquement pas les dents du trajet. Sa conduite est nerveuse, et j'appuie mon pied sur un frein imaginaire avant chaque virage. Nous sommes loin du rythme décontracté auquel il m'avait habituée.

— Détends-toi, Tim. On n'est pas sur un rallye de formule 1. Tu es pressé ou quoi ?

— Et toi bien zen, rétorque-t-il du tac au tac, sans répondre à ma question.

J'essaie de ne pas lui en tenir rigueur.

— Je suis en train de tester l'auto-conviction.

— Et ça marche ?

— Pas vraiment, je grimace. Je viens de me répéter quarante-cinq fois d'affilée « ce n'est qu'une peinture », mais je ne suis pas sûre que ça ait des effets positifs. Et toi, qu'est-ce qui te prend ? Tu n'as pas l'air dans ton assiette.

« Vous êtes arrivés à destination. La destination se trouve sur votre gauche », annonce la voix nasillarde du GPS, épargnant à Tim la peine de s'épancher.

Il se gare sur un parking près de la mairie et de l'église, et sitôt sa portière refermée, se rue de nouveau sur son téléphone.

Son comportement inhabituel me surprend, mais mes propres préoccupations me dissuadent de l'interroger. J'inspire pour m'imprégner des odeurs des eucalyptus qui nous entourent, mais ce sont surtout les doutes qui s'insinuent dans mon esprit.

Ce n'est qu'une peinture. Une simple peinture. Peut-être qu'en la voyant sans les filtres de mon écran de télévision, je vais me rendre compte qu'il ne s'agissait en aucune manière de ma mère. Notre enquête cessera brutalement. En ai-je envie ? Suis-je effrayée ? Qu'est-ce que je redoute le plus ?

Tim pose une main rassurante dans mon dos, et nous nous dirigeons d'un même pas vers l'oratoire de confrérie, une sorte d'immense chapelle imposante, en face de l'église. Une femme attend sur les marches et son visage se fend d'un sourire en nous apercevant.

— Vous êtes Timothée ? demande-t-elle en s'approchant de nous.

— Euh oui, bonjour, souffle-t-il en m'adressant un coup d'œil embarrassé.

— Je suis Amélie. Virginie est désolée, elle a eu un empêchement de dernière minute. Je m'occupe de la bibliothèque avec elle, donc, quand elle m'a expliqué la situation, j'ai accepté de vous ouvrir.

— C'est très gentil, remercie mon ami.

C'est très étrange, surtout. J'ai dû manquer un épisode. D'après Timothée, le lieu de l'exposition était accessible uniquement le samedi. Il ne m'a jamais informée que quelqu'un se tiendrait à notre disposition ni qu'il avait pris rendez-vous.

— Vous avez de la chance, continue la jeune femme en nous guidant vers l'aile droite de l'édifice, jusqu'à une porte de service qu'elle déverrouille. Aucune œuvre n'a été récupérée.

— Récupérée ? Je… je ne comprends pas, je marmonne, en essayant d'attraper le regard de Tim, qui me semble tout à coup très fuyant.

— Vous n'êtes pas au courant ? L'exposition est terminée, normalement. Mais votre ami a su nous convaincre de vous laisser y accéder.

— Tim ? Tu m'expliques ?

Sa mine coupable de gamin pris en faute ne me dit rien qui vaille.

— Plus tard, Margaux. Promis. Chaque chose en son temps. Pour l'heure, va voir le tableau.

Il a raison. Si cette situation sème la confusion dans mon esprit, rester concentrée sur le motif de notre venue est ma priorité.

La bibliothécaire m'invite à entrer la première, et je la laisse avec Timothée pour pénétrer dans l'oratoire. Je retiens mon souffle, comme si je m'apprêtais à faire de la plongée sous-marine sans oxygène. Au milieu de l'immense et majestueuse salle trônent des étagères bourrées de livres. L'endroit mériterait une visite plus approfondie, mais je ne suis pas en état de l'apprécier à sa juste valeur. Des sculptures sont exposées ici et là, et de larges tableaux sont suspendus sur les murs, tout autour de l'autel. Sur le premier, on voit un serveur avec un plateau rempli de verres en équilibre sur l'avant-bras, qui tire la langue avec malice, devant une fontaine en pierre plantée sur une terrasse de type guinguette. J'avance en me concentrant sur chaque portrait, presque soulagée de tomber sur un nouveau visage inconnu. Ici, un enfant qui lance un caillou dans les vagues, là, une vieille femme au regard bleu délavé qui découpe de la charcuterie. Et soudain, je n'en distingue plus qu'un.

Elle est là, en face de moi, qui semble m'observer. Assise sur une plage de galets noirs, sous un ciel de tempête, son attention est focalisée sur l'horizon, comme si elle guettait le retour d'un mari parti en mer. Elle n'a pas autant vieilli que ce que j'avais cru déceler à travers mon écran de télévision, à moins que les traits de la peinture ne l'avantagent.

Je l'examine avec attention, comme si je participais au jeu des sept erreurs, que je m'attendais à ce qu'on me pose des questions à la fin de ma visite, ou que je craignais l'autodestruction de la toile. Elle paraît réelle. Je serais à peine surprise si la femme peinte se levait pour enjamber le cadre et qu'elle se retrouvait devant une pile de livres, à côté de moi.

Je suis saisie d'un vertige. Des points noirs se mettent à osciller dans ma pupille. Sans même la regarder, je lâche un merci inaudible à Amélie qui se tient à quelques pas de moi, sors à toute vitesse, contourne l'oratoire et me laisse glisser sur les marches à l'entrée. Enfin, je respire.

J'aimerais réfléchir calmement à ce qu'il vient de se passer, mais mon cerveau s'est déconnecté, comme s'il venait de disjoncter. Timothée me rejoint, un papier plié en quatre entre les doigts, et s'installe à côté de moi sans prononcer un mot.

— Au moins, c'est une certitude, je souffle pour chasser le silence.

Il pose sa main sur mon genou, et soudain, je la repousse. Mes neurones se sont remis en marche, et le comportement de Tim me revient comme un boomerang lancé avec adresse.

— Tu as des explications à me donner, non ?

Il penche la tête sur le côté.

— Tu ne veux pas qu'on se trouve un endroit plus paisible pour parler ?

— C'est si grave que ça ? je demande, en m'efforçant, sans succès, de deviner ce qu'il peut me cacher.

— J'arrive, dit-il en éludant ma question. Laisse-moi seulement saluer la bibliothécaire avant de partir.

Je me contente d'acquiescer, espérant que ces instants seule permettront à la brume qui a envahi mon esprit de se dissiper. Le cœur et la tête en vrac, je me dirige vers la voiture.

Le trajet jusqu'à Santa Severa, la plage la plus proche de Luri, se fait dans un silence quasi religieux. Je cherche à assembler les discussions, les indices que j'ai forcément dû zapper.

Nous sortons de notre véhicule et allons nous asseoir sur les galets, toujours sans un mot.

— Je suis désolé, débute Timothée.

— Désolé de quoi, exactement ?

— De t'avoir sciemment dissimulé des informations.

— Je ne comprends pas, Tim. Quelles informations ?

— Bien. Il y a…

— Sans aucun mensonge, s'il te plaît, j'ordonne froidement.

Il se mordille les lèvres, puis se rapproche de moi.

— Promis. Alors voilà. J'ai pu avoir accès à cette exposition aujourd'hui en tirant quelques ficelles que je n'aurais pas dû tirer.

— Ce n'est pas hyper clair, là.

Son épaule s'incline doucement contre la mienne.

— Bon. Tu te souviens de Marie-Line ? Je t'ai dit que je la connaissais parce qu'elle travaille dans la galerie marchande, mais ce n'était pas l'entière vérité. En fait, je l'ai rencontrée à l'association qui s'occupe des disparus volontaires et qui aide leurs familles. À l'ARPD.

— Mais… Comment ?

— J'y suis bénévole.

Bouche bée, il me faut quelques secondes pour me remettre de sa révélation. Le pied de Timothée bat une mesure imaginaire sur les galets.

— Ça fait longtemps ?

— Six ans, mais ce n'est pas le plus important.

J'accuse le coup avant de réagir sèchement :

— Pas le plus important ? Ça veut dire quoi ? Que tu m'as caché pire ? Tu as trois gosses cachés, tu bosses pour la CIA ? Tu élèves des pandas nains dans ton garage pour les revendre sur le dark Web ?

Malgré le sérieux de notre discussion, il émet un rire bref.

— Non, le plus important, et ce pour quoi tu risques de m'en vouloir le plus, c'est que je connaissais le nom de l'artiste qui a peint ce portrait avant d'atterrir à Bastia. Grâce à Virginie, la collègue qui n'a pas pu se libérer aujourd'hui, ce qui a créé cet imbroglio.

— Ce n'est pas possible. Tu me fais marcher, n'est-ce pas ? Dis-moi que c'est une blague ? Attends, on s'est présentés dans des ateliers, on a montré la photo… et c'était du vent ? Tu sais où est ma mère ?

Il lève les mains en l'air, clamant son innocence avec véhémence.

— Je n'en sais rien, je te le jure. Mais j'ai le contact de l'agent de la peintre. Je devais te laisser le découvrir aujourd'hui, mais la rencontre ne s'est pas passée exactement comme je l'avais prévu.

— Comme tu l'avais prévu ? Alors quoi, tu as élaboré un putain de scénario d'escape game sans te soucier de moi, de ce que je pouvais éprouver ?

Je me lève, hors de moi, et jette rageusement un galet dans la mer. Il coule sans faire un seul ricochet.

— Je n'ai rien planifié, Margaux. Mis à part cette visite, parce que sinon, tu n'aurais pas eu l'occasion de voir le portrait. Je sais que tu as besoin de temps pour accepter les changements, et je me doutais que toute cette histoire risquait de te bouleverser, donc j'ai fait en sorte de ralentir les découvertes. D'y aller… en douceur. Mais désormais, on est au même niveau d'informations, toi et moi.

— Pas tout à fait, non, je m'offusque d'un ton rempli d'amertume. Je n'arrive pas à saisir à quel moment tu t'es imaginé que c'était une bonne idée de nous faire perdre notre temps.

— Ce n'était pas mon intention…

— Ah bon ? Et c'était quoi, alors ?

Timothée déglutit.

— Eh bien… c'est comme l'histoire du camping-car. Ce n'est pas perdre du temps que de le prendre. J'ai estimé qu'il était nécessaire qu'on avance à ton rythme. Que je ne t'apporte pas les réponses sur un plateau. Et aussi, de façon purement pratique, je n'ai aucunement le droit de mêler le professionnel au personnel, c'est une question d'éthique. Je n'ai donc pas accès au dossier de Nathalie, et je ne l'ai pas cherché, parce que dans ce cas, je serais dans l'illégalité, dans la mesure où elle a refusé de divulguer son adresse.

— Franchement, je trouve cette histoire complètement hallucinante. Je… je croyais qu'on ne se cachait rien, toi et moi. Et je découvre précisément l'inverse, que tu me mens, que tu mènes une double vie. Que je ne te connais peut-être pas si bien que je l'imaginais, en fin de compte.

Une sourde indignation se diffuse dans mes veines. Si je ne peux pas faire confiance à celui avec qui j'ai toujours tout partagé, je ne peux me fier à personne. C'est comme si ma vie tout entière n'était qu'un leurre.

— Je conçois que ça te paraisse énorme, mais je t'assure que ce n'est pas si horrible que tu sembles le penser maintenant. Et si je t'ai caché des choses, c'est uniquement pour te protéger, et pour t'aider, parce que…

D'un mouvement de la main, je le coupe dans ses explications.

— Stop, Tim. Je suis désolée, mais j'ai la tête pleine. J'ai besoin de respirer, de marcher, de m'éloigner de toi.

Je pars sans me retourner. Je fuis, presque. Je n'ai parcouru que quelques mètres lorsque je sens mes joues se mouiller de larmes. Je sors mon téléphone de ma poche, et me rends compte que l'unique personne susceptible de me tempérer quand je suis dans cet état-là, c'est Tim lui-même. Il est mon seul numéro joker. Je range mon téléphone, dépitée.

Lorsque je reviens, je suis calmée, du moins en apparence. Timothée ne me doit rien, après tout. Nous sommes simplement amis, à moins que ce ne soit aussi un mensonge.

En me voyant arriver, il parcourt les quelques mètres qui nous séparent.

— Ça va ?

Sans lui répondre, je m'assois et demande :

— Pourquoi es-tu devenu bénévole dans cette association ?

Je le sens se raidir devant la dureté de mon ton. Il s'installe à côté de moi, et après quelques secondes, tente de se justifier.

— Pour tout un tas de raisons. J'aime enquêter, remonter une piste, rencontrer des gens. Je considère qu'aider les autres, c'est s'aider soi-même. Mais la raison la plus valable, c'est… toi.

Malgré la douleur, quelque chose qui ressemble à de légères bulles de savon s'envole dans mon ventre.

— Moi ?

Il secoue le menton, les yeux braqués sur la ligne d'horizon.

— Je voulais appréhender tes angoisses, et parler à des proches de disparus volontaires m'a permis de saisir certaines attitudes, idées ou pensées.

— Et de me cerner, moi ?

Son rire rebondit dans le silence.

— Pas totalement. J'ai beau te connaître depuis le berceau, tu restes un mystère sur de nombreux aspects, et c'est ce qui me plaît chez toi.

Je soupire. Je comprends son envie de me protéger. C'est même plutôt touchant, je crois. Mais il faut que je digère la trahison, puisque c'est ainsi que je l'ai perçue. Une trahison.

— J'aimerais qu'on rentre à la Casa di Babbo.

— OK, cède-t-il, la mine triste, en se levant et en me tendant la main pour m'aider à me relever.

J'ignore sa main tendue et me redresse, seule.

16

Assise sur un muret, je regarde le soleil sortir de son lit, derrière la mer. J'ai à peine fermé l'œil de la nuit et me suis éclipsée de la chambre aux premières lueurs du jour.

Chaque fois que je faisais la tête, maman avait coutume de dire : « Jamais couchées fâchées. » Le concept m'avait toujours semblé flou, jusqu'à ce que je le comprenne après son départ. Nous ne nous étions pas disputées, mais c'était presque pire. Notre ultime échange avait été d'une banalité affligeante. Depuis, je rappelle systématiquement à mon père et à ma sœur que je les aime quand je rentre chez moi, au cas où.

Pourtant, hier, Timothée et moi nous sommes endormis sans nous être réconciliés. Le cœur lourd, j'ai refusé d'écouter ses explications, prétextant une énorme fatigue, ce qui était en partie vrai. J'avais le sentiment d'être passée sous un rouleau compresseur. Mais je n'ai pas fermé l'œil de la nuit, me refaisant le scénario à l'envers. Pourquoi me mentir ? Me prend-il pour une petite chose fragile, incapable d'encaisser ?

Toutefois, à présent, face à ce paysage apaisant, la carte oracle lue la veille me revient en mémoire. L'avantage de ces citations, c'est qu'on peut les interpréter différemment selon le déroulement de nos journées. « Affronter la réalité exige du courage, l'accepter nécessite de la bienveillance. » Cette phrase, même si à l'heure actuelle je manque de recul pour faire preuve d'indulgence, correspond parfaitement aux révélations de Tim, et celle tirée ce matin – « L'amitié est un bien précieux qu'il faut chérir » – me pousse à lui laisser une chance de s'expliquer.

Sept heures quinze. J'envoie une photo du soleil sur mon WhatsApp famille. Je reçois de papa un smiley avec des étoiles dans les yeux. Célia, quant à elle, engage une conversation à part.

« Une dinguerie, ce paysage. Tout va bien ? »

Je rédige quelques mots, hésite, efface, et opte finalement pour une réponse convenue. Mais je n'ai pas le temps d'appuyer sur « Envoyer » que mon téléphone vibre dans le creux de ma main. Appel en visio.

Je me compose un visage serein en m'éloignant des chambres, pour ne pas déranger les dormeurs.

— Qu'est-ce qui se passe ? attaque directement ma sœur. Tu n'effaces jamais tes messages, d'habitude.

— Comment tu sais que j'ai effacé ?

— Je suis derrière toi.

— Quoi ?

Je me retourne d'un bond.

— Mais non, bébête, s'esclaffe-t-elle, me faisant éclater de rire devant ma naïveté. J'ai vu que tu écrivais, puis que tu n'écrivais plus. C'est quoi le souci ? T'as eu du nouveau ?

— On avance, oui, mais… je me suis disputée avec Tim.

— Sérieux ? Qu'est-ce qui s'est passé ?

Habituellement, j'ai tendance à dissimuler à Célia les choses négatives, mais cette fois, je suis tellement confuse qu'une opinion extérieure ne sera pas de trop. Je lui raconte donc en ne lui épargnant aucun détail.

Une série de marmonnements de ma sœur ponctue mes explications, avant qu'elle résume la situation selon sa propre interprétation :

— Si je comprends bien, il a déguisé la réalité pour te protéger.

— Il m'a sciemment menti, je précise.

— Il t'a menti par omission, c'est pas pareil. Et tu as toi-même avoué que tu avais besoin de temps pour découvrir la vérité.

— Oui, mais…

— Désolée de te couper encore, mais même s'il s'y est pris comme un manche, je trouve ça mignon de sa part.

— Ce n'est pas mignon ! je m'indigne. C'est même carrément abusé. On devait mener l'enquête ensemble, et il m'a menti. Je ne pourrais plus lui accorder ma confiance.

Ma sœur se mordille la lèvre, avant de réagir :

— Oui, j'avais pas vu les choses sous cet angle. T'as raison, c'est un gros blaireau.

Sa sentence me laisse coite. Elle qui défend toujours Tim, habituellement…

— Ce n'est pas ce que je voulais dire…

— Moi, oui. À ta place, je prendrais la voiture et je me barrerais sans lui.

— Mais je ne peux pas faire ça !

— Bien sûr que tu peux. *Girl power, sister* ! Se retrouver tout seul lui donnera une bonne leçon.

— Mais… j'ai besoin de lui.

En prononçant ces mots, qui sont sortis comme un cri du cœur, je me rends compte que pardonner à Tim n'est pas une option, mais une nécessité. Je n'imagine pas ma vie sans lui.

— Tu n'as besoin de personne, et encore moins de lui. Franchement, laisse-le tomber.

Mes doigts se crispent sur mon téléphone. A-t-elle mal interprété mes propos ? Si je n'ai pas mâché mes mots, je refuse que Célia ait une mauvaise image de Timothée.

— Je te trouve dure, je m'offusque. Il est venu ici pour ne pas me laisser seule, et même si je lui reproche ses mensonges, il fait tout pour me protéger. Quand on y réfléchit, il a surtout réussi à faire ouvrir l'exposition, et ne m'a rien caché que je n'allais pas tarder à découvrir. Et puis… c'est mon meilleur ami.

Contre toute attente, ma sœur part dans un fou rire qui se solde par une crise de hoquets.

— J'en étais sûre, *drama queen.* Rien de tel qu'une bonne psychologie inversée pour connaître le fond de ta pensée.

— Oh punaise, tu es plutôt douée, je ricane de soulagement.

— Carrément, sourit-elle, me démontrant encore une fois que la modestie n'est pas sa qualité première. Et maintenant, écoute-moi. Tim est vraiment un mec formidable, et ses mensonges prouvent qu'il tient à toi. Vous devez vous réconcilier, mais à mon avis, tu peux lui en faire baver avant. Il doit piger qu'il ne peut pas jouer comme ça avec toi.

Célia m'épate chaque jour un peu plus. C'est vrai qu'elle grandit, qu'elle s'affirme et qu'elle mûrit. Et ses conseils sont tout à fait justes et sages. Malgré tout, cette rancœur ne va pas se volatiliser en un claquement de doigts, et j'estime aussi que c'est à lui de faire le premier pas.

Ce qu'il fait quinze minutes plus tard, en déposant devant moi une boîte de flageolets.

Je cligne des yeux, essayant de comprendre le message qu'il veut apparemment me faire passer, lorsque tout à coup, un fou rire nerveux me gagne.

— Je suis content que tu aies résolu la grande énigme des flageolets, dit-il, un sourire penaud au coin des lèvres. Une blague qu'on doit expliquer perd clairement de son intérêt. Et je ne suis pas allée la piquer dans la cuisine de la chambre d'hôtes pour rien.

— Ne te méprends pas, je suis toujours en rogne. Mais je salue ton imagination.

— Je suis parfaitement conscient que tu m'en veux encore, et je vais tout mettre en œuvre pour me faire pardonner. Mais ne pas se parler, c'est carrément l'angoisse, alors... j'ai cherché un symbole de paix. Évidemment, une colombe ou un rameau d'olivier auraient été plus poétiques...

— Mais c'est un beau signe de pet, bravo.

Il m'embrasse sur le sommet du crâne, me prend dans ses bras, me murmure qu'il est désolé, et la pression retombe d'un coup. Même si mon amertume ne s'est pas tout à fait dissipée, contre son torse, à respirer son parfum, je ne m'imagine pas ailleurs.

— Bon, je l'interroge une fois attablés pour le petit déjeuner. J'aimerais qu'on récapitule. Tu savais donc qu'on ne trouverait rien ni à Erbalunga ni dans aucun des villages dans lesquels on est allés, c'est ça ? Est-ce que le chanteur du groupe corse, c'était également dans tes plans ?

Il écarquille les yeux.

— Non ! Je te le jure. J'ai simplement fait ouvrir l'exposition à Luri. Et comme je ne possède aucune information sur l'artiste, à part son nom, on aurait aussi pu avoir un coup de chance et tomber sur quelqu'un qui connaît Nathalie… Je ne m'explique pas pourquoi je t'ai caché tout ça, en définitive. Je ne peux pas revenir en arrière, mais je t'assure que je m'en veux énormément. C'était stupide et puéril.

— Je suis de ton avis, c'était même complètement débile. Mais ce qui est fait est fait.

Un voile de tristesse traverse son regard, mais, malgré mon envie de le consoler, je ne suis pas prête à passer l'éponge. Pardonner, OK. Mais ce petit goût amer au fond de ma gorge ne s'estompera pas si rapidement.

— Et donc, je reprends, quelle est la suite des événements ?

— J'ai laissé un message sur le répondeur de son agent, mais il ne m'a pas encore contacté. Et puis, il faut aussi qu'on réserve une chambre d'hôtel pour ce soir.

— Tu connais l'adresse de son agent ?

— Oui, dit-il en regardant les notes sur son téléphone. C'est à Centuri, au nord-ouest du cap.

— Et la peintre, on n'a rien sur elle, à part son nom ?

— Elle, c'est un mystère. Elle n'a ni site Internet ni réseaux sociaux. Tu m'étonnes qu'il lui faille un agent ! Elle est plus anonyme que Banksy en son temps.

— OK, et… Tu me certifies que tu n'en sais pas plus ?

— Rien de plus, je te le jure.

Il a l'air sincère, mais j'étais persuadée qu'il l'avait toujours été… par conséquent, comment être sûre qu'il ne me cache rien ?

Je bois une gorgée de thé, puis laisse mes pensées sortir à voix haute :

— Quand même, bénévole à l'ARPD, sérieusement ? C'est complètement fou. Il y a tellement de questions que j'ai envie de te poser…

— Qu'est-ce que tu voudrais savoir ? demande-t-il en croquant dans une seconde part de gâteau.

— Tellement de choses… Quelles affaires as-tu réussi à résoudre, est-ce qu'il y en a eu des dangereuses… ou encore, quelle est ton opinion sur l'endroit où se cache Dupont de Ligonnès ?

— Ah ça… rit-il, apparemment soulagé que je dévie sur un sujet plus léger. Dupont de Ligonnès, ça doit être l'énigme que tout le monde aimerait élucider. J'ai déjà retrouvé des disparus, effectivement. Des mineurs, souvent. Des personnes âgées, de temps en temps.

— Et des mères de famille ?

— Non. C'est en fait très rare qu'une mère parte de son plein gré, d'autant plus avec des enfants en bas âge. Il y en a parfois, mais la plupart du temps, elles ont une bonne raison de s'enfuir, et elles prennent leurs enfants avec elles. Ou alors, on se rend compte assez rapidement qu'elles ne sont pas conscientes de leurs actes.

— C'est-à-dire ?

— Eh bien, cela vaut pour les femmes, mais également pour bien d'autres disparus qu'on catégorise « volontaires », faute de mieux. Il arrive qu'un problème mental, souvent une schizophrénie, n'ait pas été diagnostiqué en amont.

— Oh… Donc on va se sentir honorés que ma mère déjoue toutes les statistiques, non ?

Le regard de Timothée se perd sur la ligne d'horizon. Je m'apprête à lui dire que je plaisante, quand il déclare :

— Peut-être, ou peut-être pas. Tout est possible. Je n'ai jamais eu accès à son dossier. En tant que bénévole, on accepte de ne pas mettre le nez dans des investigations qui pourraient nous concerner directement, et de ne jamais divulguer l'adresse de quelqu'un qui nous l'a formellement interdit. C'est la raison pour laquelle je ne suis pas ici en qualité d'enquêteur, mais en ami.

— Tu as déjà rencontré celle qui s'est entretenue avec ma mère ?

— Non.

— Donc tu ne peux pas savoir si elle a eu de ses nouvelles ?

— J'imagine que si. En général, dans le cas d'un refus catégorique, on ne lâche pas l'affaire.

— C'est ta technique ?

— Chaque bénévole voit les choses à sa manière, mais la plupart d'entre nous gardent un lien avec les personnes disparues qui ne souhaitent pas réintégrer leur vie… justement au cas où elles changent d'avis.

— Et ça arrive souvent ?

— Pas vraiment, mais ça s'est déjà produit, après discussions.

— Après discussions ? En gros, tu négocies leur retour, c'est ça ?

Timothée rougit, ce qui ne lui arrive pratiquement jamais.

— À peu près, oui.

— C'est bizarre, j'ai la sensation que ma question t'embarrasse. Dois-je te rappeler que tu as promis de ne plus rien me cacher ?

— Non, c'est juste que… il m'arrive de raconter ton histoire pour débloquer une situation. Je ne cite ni ton père ni toi, évidemment, mais j'explique votre détresse… et la mienne.

La fin de sa phrase me heurte, provoquant un sentiment de culpabilité.

— Je n'ai jamais pensé que tu en souffrais aussi.

— Et c'est normal, tu avais bien assez à gérer.

— Est-ce que je t'ai blessé parfois ?

Timothée soupire, ce qui est déjà une réponse assez éloquente.

— Pas directement. J'étais démuni quand je voyais que rien ne pouvait atténuer ton chagrin. C'est sûrement pour ça que je suis entré à l'ARPD, d'ailleurs. Je me disais que parmi les affaires dont j'étais investi, je réussirais à cerner les raisons qui ont motivé ta mère à partir, et que savoir pourrait te soulager. En tout cas, c'est ce que j'imaginais au départ. Mais j'ai compris plus tard que si j'avais adhéré à cette association, ce n'était pas pour te ramener ta mère, ou d'autres gens à leur famille.

— C'était pourquoi, alors ?

Timothée me fixe dans les yeux :

— C'était pour te comprendre, et pour que toi, tu reviennes.

— Pour que moi, je revienne ? je répète, confuse.

— Oui. C'était ma liste de « Pour qu'elle revienne » à moi. Pour raviver la lueur dans ton regard. Pour que tu sois à nouveau heureuse.

J'en ai la chair de poule. Heureusement que des vestiges de colère sont encore suspendus à mon cœur, parce que, dans le cas contraire, j'aurais pu fondre en larmes.

Nos regards s'attrapent, s'aimantent. Une vague ondule dans ma poitrine, exquise et douloureuse en même temps.

Son téléphone vibre sur la table, mettant fin à ce moment à la fois délicieux et terriblement gênant. Il lâche un léger soupir, presque inaudible, puis décroche.

Je le vois ensuite mordiller sa lèvre inférieure, saisir un crayon et griffonner sur un coin de sa serviette en papier, puis poser son téléphone.

— On a rendez-vous avec l'agent de Lina Natale à 17 h 30.

— Oh. Il semblerait qu'on avance, alors.

— Il semblerait, oui.

— C'est loin d'ici ?

Timothée renseigne la destination sur Waze :

— Trente minutes environ, en passant par l'intérieur des terres. On a donc un peu de temps devant nous.

— OK, je regarde s'il y a des hôtels libres dans ce coin. Ça nous permettra de nous rapprocher de Nonza.

En maîtrisant au moins cet aspect, j'ai l'impression de reprendre le contrôle de la situation.

17

L'HÔTEL-RESTAURANT DE LA JETÉE, dans lequel j'ai réservé, se trouve sur le petit port de Centuri, un morceau de village qui fleure bon les vacances et la liberté. En entrant dans la chambre pour y déposer nos affaires, nous commençons par admirer la vue depuis le minuscule balcon. D'ici, on aperçoit le port avec ses bateaux qui valsent nonchalamment sur l'eau, ainsi que la mer et une partie du hameau. Nul besoin d'une terrasse luxueuse pour apprécier le paysage, même si j'imagine que mon père nous conseillerait de ne pas nous poster à deux sur cette balustrade exiguë, au cas où.

Enfin, nous cheminons à travers les ruelles colorées vers le point de rendez-vous donné par l'agent de Lina Natale, dans un troquet très certainement fréquenté en grande majorité par les habitants du coin.

Tim se dirige vers le fond de la salle et avise un bonhomme d'environ quatre-vingts ans, aux joues rebondies et à la moustache poivre et sel, occupé à consulter les feuilles de *Corse Matin* sur une vieille table en Formica qui ravirait tous les fans de vintage.

— Monsieur Gambotti ? demande-t-il. Nous sommes Timothée et Margaux.

— Vous êtes surtout tenaces, plaisante l'agent en nous serrant la main. Même mes artistes ne m'appelaient pas autant !

Je tique sur l'emploi du verbe au passé, mais Timothée semble ne s'être aperçu de rien, puisqu'il déclare :

— C'est que nous sommes pressés, et nous cherchons à en savoir plus sur une de vos peintres, Lina Natale.

M. Gambotti nous offre un petit rictus amusé, et nous invite à nous asseoir face à lui.

— Ici, on a coutume de dire que vous, les continentaux, vous avez une montre, alors que nous, on a le temps. Vous en êtes l'exemple parfait. Droit au but !

Je souris par politesse, mais mon pied commence à battre la mesure contre la banquette en Skaï. J'aimerais trouver une répartie, mais je sais qu'elle viendra plutôt ce soir, dans mon lit, alors je choisis de ne pas y aller par quatre chemins :

— Vous la connaissez ?

— Je ne l'ai jamais vue, réplique-t-il, provoquant d'emblée ma déception. Il faut dire que je suis à la retraite depuis quinze ans, déjà. C'est mon fils qui a repris, bon an mal an, la société.

Mon attention est attirée par quelqu'un qui se dirige vers nous, et l'espace d'un instant, je crois qu'il s'agit de son fils. Ma respiration se bloque, jusqu'à ce que le nouveau venu nous demande ce que nous souhaitons boire. Décidément, le sort s'amuse à jouer avec mes nerfs.

— Je ne comprends pas ? je m'enquiers, après avoir commandé deux cafés. C'est bien vous que mon ami a eu au téléphone ?

— Le bureau de l'agence est resté chez moi, raison pour laquelle j'ai fini par vous répondre. Quant à mon fils, il passe de temps en temps, mais lui non plus n'est plus très investi dans cette affaire qui a périclité depuis belle lurette. Il fait le tour du cap en bateau avec des amis, en ce moment.

Interloquée, je regarde Tim qui, de son côté, réussit à conserver son calme. Heureusement qu'il est là.

— Il revient bientôt ? se renseigne-t-il.

— Après-demain, si je ne me trompe pas. Mais comme je connais la plupart des œuvres de son portfolio, j'ai accepté de vous accorder un rendez-vous. Et aussi parce que vous aviez l'air déterminé, ajoute-t-il dans un clin d'œil.

Un soupir étouffé s'échappe de ma gorge. Nous ne sommes peut-être pas venus pour rien, finalement.

— En fait, explique Timothée en glissant sur la table la photo imprimée du portrait, nous sommes à la recherche de cette femme. Et nous avons pensé que l'artiste pourrait nous en raconter plus à son sujet. Mais son anonymat semble bien préservé…

L'homme chausse une fine monture à écailles sur le bout de son nez pour regarder la photo.

— Oui, je connais ce tableau. Il s'appelle *F et mer*, mais il n'est pas tout récent.

Mon œil est agité d'un tic nerveux. Après le restaurant L'Effet Mer, ce tableau. La vie ne serait-elle pas une succession de blagues ?

M. Gambotti sort quelques feuilles de son dossier, l'air concentré, puis relève les yeux vers nous.

— D'après les notes de mon fils, il fait partie de l'unique lot sur lequel des hommes et des femmes sont représentés. Habituellement, Lina Natale ne montre que la nature. Oh, tenez…

— Quoi ? je crie presque.

— Vous avez de la chance, on lui a fait une proposition d'achat il y a quelques semaines, mais elle n'a pas encore abouti.

Mon rythme cardiaque revient à la normale.

— Et par hasard, vous connaîtriez le nom de la femme qui a servi de modèle ? je souffle.

— Attendez une minute, ça me dit quelque chose.

Il feuillette attentivement sa liasse de documents. Mes paumes deviennent moites. Une cargaison de « et si » se pointe dans mon esprit. Je m'efforce de les faire taire, mais mes neurones s'agitent. C'est la révolution dans mon cerveau.

— Je suis désolé, il n'y a rien dans mes notes. Pourtant, ça me parle, vraiment. Mon fils pourrait sûrement vous en apprendre plus, je peux lui demander de vous appeler quand il rentrera.

— S'il vous plaît, oui. Et savez-vous comment joindre Lina ?

— Bien sûr, indique-t-il comme si la réponse était évidente. Vous pouvez vous rendre directement dans sa galerie.

OK, ces montagnes russes vont m'achever.

— Elle possède une galerie ?

— Oui, à Nonza.

— Nonza, je répète à voix basse.

Nonza. Ce village dans lequel le chanteur a croisé la femme du tableau. Ma mère. Tous les indices semblent converger vers ce lieu.

— Voulez-vous que je vous note l'adresse ? s'enquiert M. Gambotti, avant d'ajouter : si vous n'obtenez pas les réponses que vous cherchez et que vous y êtes toujours lorsqu'il reviendra, mon fils vit à quelques pas de la galerie. Demandez-le au café de la Tour, tout le monde le connaît, ils vous diront où le trouver. Il s'appelle Augustin.

7 mai 2014

Augustin. C'est son visage que j'ai vu en entrant dans la cuisine de Jéromina. Figé sur une toile, j'ai eu l'impression qu'il était prisonnier de ce tableau. Je me suis approchée pour examiner ses traits, oscillant entre admiration et agacement. Mais mon regard a vite dévié sur un autre portrait. J'ai eu un mouvement de recul, et cette fois, une bouffée de fureur m'a envahie. Je savais que Lina préparait quelques-unes de nos peintures pour les passer à Augustin, qui a repris l'agence artistique de son père. J'avais compris qu'il devait les récupérer pour une exposition. Mais je n'avais jamais vu ce qu'elle avait peint de son côté. Ni le portrait d'Augustin ni ce tableau, qui m'a donné la nausée.

Parce que c'est moi qu'elle a représentée. Comment a-t-elle osé utiliser mon image sans mon accord ? En sachant, de surcroît, qu'il serait visible pour d'autres ? Lorsque nous peignons ensemble, nous ne croquons que des paysages. La mer, le maquis, la tour de Nonza, la flore propre à chaque saison.

Mais toutes les œuvres qui se dressaient devant moi montraient uniquement des visages. Jéromina, Augustin. Et moi. Moi. J'ai eu envie de découper cette toile, de l'éventrer.

Je l'aurais probablement fait si Jéromina n'était pas arrivée, devancée par le cliquetis de sa canne. Le sourire aux lèvres, elle m'a assuré que la peinture était très ressemblante. Face à elle, je n'ai pas osé m'emporter. J'ai fait semblant de la découvrir, et l'ai examinée. Je me voyais, mais ce n'était pas tout à fait moi. En tout cas, pas celle que j'avais quittée en m'extirpant de mon existence. Dans ma mémoire, mes joues étaient rebondies, mes paupières fardées, mes iris plus clairs, mes cheveux plus soyeux. Quelque chose brillait au fond de mes prunelles. Là, elles étaient tristement ternes.

Alors, de ce souvenir ou de cette peinture, qui est la vraie, l'authentique ? Un peu des deux, sans doute. J'ai détourné le regard pour ne plus avoir à me heurter à mon double pictural.

« Tu ne l'aimes pas ? s'est inquiétée Jéromina. Moi, je te trouve magnifique. »

Je cherchais une réponse appropriée, quand Lina est arrivée, furieuse.

« Tu as profité de mon absence pour voir Augustin », a-t-elle craché.

Ce n'était pas une question, mais une affirmation.

J'ai fermé les yeux, l'exhortant mentalement à se taire. Je refusais que Jéromina assiste à une scène de dispute. Et puis de toute façon, je n'avais rien à me reprocher. Certes, Augustin et moi nous retrouvons parfois sur la plage. J'apprécie sa compagnie, et sa façon de se livrer sans rien attendre en retour. Et j'ai compris que Lina le rencontrait aussi de temps en temps, sans moi. En outre, face à ce tableau qu'elle avait peint de moi à mon insu, sa crise de jalousie était déplacée.

Les doigts appuyés sur mes tempes, j'ai tenté de faire le vide dans mon esprit.

« Pas maintenant Lina. Pas ici. Pas devant Jéromina. Pars. Ne m'oblige pas à lui montrer celle que je peux devenir quand je suis en colère, lorsque la situation me semble injuste. »

Lorsque j'ai rouvert les yeux, Lina avait disparu.

Une expression d'inquiétude s'était placée sur le visage de Jéromina. La lèvre mordillée, le flou qui obscurcit les pupilles, les épaules qui se rapprochent de la poitrine. D'une voix chevrotante, elle m'a demandé si je craignais Lina.

J'ai répondu que la seule personne qui me faisait peur était assise en face d'elle.

18

LE BOUT DE PAPIER contenant l'adresse de la galerie de Lina Natale précieusement rangé dans mon sac, nous quittons M. Gambotti au moment où le ciel entre dans son heure dorée.

D'un commun accord, nous avançons vers les rochers au bout du port de Centuri, tout en faisant le point sur notre entrevue avec l'agent. Il est trop tard pour partir à Nonza dès ce soir, mais désormais, nous avons la certitude que si ma mère est quelque part en Corse, ce village est notre dernière issue.

Assise sur la jetée, j'essaie de dompter les martèlements effrénés de mon cœur. Ce n'est pas le moment de craquer, d'autant plus que nous ne sommes pas seuls. De nombreux touristes se pressent pour assister au coucher du soleil. Être passés de l'autre côté du cap nous confère ce privilège, et même si mon esprit est préoccupé, je fais part à Tim de mon admiration. Ce matin encore, nous aurions pu distinguer son lever. Les yeux rivés sur l'horizon, nous laissons de côté nos tourments et profitons simplement de la douceur de la soirée. L'astre lumineux entame sa descente et nous convie à suivre son voyage. Le plus émouvant, pour moi, est de le regarder disparaître en sachant que d'ici quelques heures, quoi qu'il arrive, il apparaîtra à nouveau. Un souvenir me trouble tout à coup : durant les cent quarante-huit premiers jours qui ont suivi sa disparition, dès que la nuit tombait, j'avais une pensée pour ma mère, en espérant que comme le soleil, elle serait là le lendemain. Mais ma mère n'était pas un astre, elle n'est jamais revenue.

Le soleil s'est faufilé en coulisses, derrière la ligne d'horizon, mais le spectacle n'est pas fini pour autant. De nouvelles couleurs dansent dans le ciel. Nous restons collés l'un contre l'autre, chacun de nous absorbé dans une sorte de recueillement. À quoi pense Tim ?

Comme en réponse à ma question silencieuse, son ventre gargouille, provoquant mon hilarité. Contrairement aux miennes, ses réflexions sont purement pragmatiques.

Enfin rassasiés après un dîner de langoustes, le mets typique du coin fraîchement pêché du jour, nous nous installons sur les canapés confortables de la terrasse de l'hôtel pour boire une tisane, en gloussant à propos de notre âge canonique. Le service du restaurant est sur le point de se terminer, il ne reste plus que deux tables qui jouent les prolongations, et le patron, un monsieur à la mine joviale et à la bonne humeur communicative, nous rejoint.

— Alors, comment trouvez-vous la Corse ?

Si nous commençons à avoir l'habitude de cette question, les réponses, quant à elles, gagnent en intensité au fur et à mesure que notre séjour avance. Je crois que j'apprends à ne pas tout contrôler sans cesse, et que ce périple, malgré son lot de déceptions et de rebondissements, me fait du bien.

— Nous sommes conquis, j'assure, afin de ne pas me répandre en lieux communs.

— Vous êtes en voyage de noces ?

Je sens mes joues se réchauffer. J'ouvre la bouche pour rétablir la vérité lorsque Timothée me devance, un sourire éclatant vissé aux lèvres.

— Comment l'avez-vous deviné ? demande-t-il.

— Oh, j'ai l'œil, se rengorge le patron. Je reconnais l'amour lorsqu'il se présente devant moi, et vous formez un très joli couple.

— On se le répète tous les jours, affirme Tim en entrelaçant nos doigts et en portant les miens à ses lèvres.

Mon estomac se remplit de bulles qui s'envolent tous azimuts. Je ris pour cacher mon embarras et mon émotion, sans oser regarder Timothée.

— Rémi, apporte-nous mon limoncello, qu'on arrose ce mariage ! lance le patron à un jeune homme qui passe devant lui en ronchonnant.

— Christian, tu devais pas me filer un coup de main pour débarrasser les tables ?

— Après. Pour l'instant, on célèbre l'amour.

Nos verres servis et presque entièrement consommés, ainsi que les vœux d'amour éternel formulés par le gérant, Timothée et moi nous retrouvons seuls. Il y a des chances que la liqueur ou l'ambiance m'aient aidée, mais quoi qu'il en soit, mon animosité envers lui s'est évaporée. Et même si je n'ai pas besoin de lui dire, je suis soulagée de nous savoir vraiment réconciliés.

Tim, de son côté, bien loin d'imaginer ce qui se passe dans ma tête, frôle de son doigt mon annulaire, vierge de toute alliance.

— Tu pourrais quand même mettre ta bague, ma tendre épouse, me taquine-t-il.

— Mais qu'est-ce qui t'a pris ? je rebondis, au comble de la gêne.

— J'avais envie de voir ce que ça fait, d'être marié, répond-il simplement. Ne te plains pas, on n'aurait jamais goûté ce limoncello sans ce pieux mensonge, conclut-il en terminant son verre et en passant sa langue sur ses lèvres avec délectation.

Je me concentre sur les étoiles pour ne pas avoir à poursuivre cette conversation. Est-ce que j'ai aimé être mariée à Timothée pendant quelques minutes ? Oui. J'ai trouvé cet instant déconcertant parce que faux, mais surtout très agréable. Mais la supercherie est finie. Divorce express. Je cherche un nouveau sujet de discussion.

— J'ai honte de l'avouer, mais dans ma tête, les Corses étaient plutôt rustres et pas très accueillants, alors que c'est tout le contraire. Ils prennent chaque fois le temps de venir échanger avec nous, de nous connaître, de nous livrer des anecdotes de leur coin.

— C'est vrai, la région est fabuleuse et ses habitants ne sont pas en reste.

Je laisse passer quelques secondes, afin d'être sûre de vouloir exprimer mes pensées à voix haute, et puis je confie :

— Si ma mère avait planifié de disparaître ici, si vraiment sa vie avec nous ne lui convenait plus, j'ai beau être toujours en colère contre elle… Je me dis que peut-être, elle souffrait beaucoup et qu'elle a trouvé en Corse l'apaisement… À moins qu'elle ne soit partie pour un autre homme.

Timothée écarquille les yeux de surprise :

— Tu as déjà pensé à cette éventualité ?

— Longtemps, et il m'arrive d'y croire encore, à cause d'un incident qui s'est produit quelques jours avant qu'elle s'enfuie. Un soir de cette semaine-là, elle n'était pas venue me récupérer après mon cours de danse. Elle s'était excusée, mais l'impression que son motif était minable m'avait oppressée, et je m'étais demandé si elle n'avait pas un amant.

Mon ami arque un sourcil stupéfait.

— Pourquoi tu ne t'es pas confiée à moi ?

— Parce que je n'avais aucune certitude. Et puis… après le départ de ton père pour une autre femme, je refusais d'aborder ce sujet sans preuve concrète, pour ne pas te faire souffrir inutilement.

— Toi aussi, alors, tu m'as caché des choses pour me protéger…

— C'est vrai, mais la situation était différente.

Le silence nous enveloppe, et après quelques minutes, il reprend :

— Tu te souviens, quand mes parents ont divorcé ?

J'acquiesce. Timothée n'évoque que rarement cette période de son enfance. Il avait dix ans, il espérait un petit frère, et à la place, son père lui a servi la rengaine « On t'aime, mais on se sépare. »

— C'est toi qui m'as fait voir la vie sous un autre angle, à l'époque. Et aussi toi qui m'as porté pendant une longue période. Quand je restais mutique, tu te chargeais de la conversation. Tu m'as poussé à sortir de ma chambre où je m'abrutissais de jeux vidéo, à pardonner à mes parents, tu as dressé une liste de tous les intérêts qu'il y avait à être un enfant de divorcés.

— Je me rappelle qu'à l'époque, on avait décidé de devenir chercheurs de trésors, mais que comme on n'en trouvait pas, on avait diminué nos ambitions en s'improvisant dénicheurs de trucs et de bidules en tous genres !

— Et régulièrement, tu m'organisais des jeux de piste avec des rébus, des cartes, des indices, et à la fin, tu m'offrais des bonbons, ou des gâteaux que tu faisais toi-même. Je suis sûr que c'est toi qui m'as donné envie d'ouvrir un escape game, pour voir la joie que je ressentais alors dans les yeux d'autres personnes.

Ce compliment me file la chair de poule. Savoir que ma présence a pu l'aider me touche.

— Et l'arbre à sucettes ? reprend-il. Tu avais réussi à me faire croire que sur le vieux chêne de ton jardin poussaient des sucettes, et chaque matin, je venais vérifier ! Quand j'en voyais une, nichée dans un creux du tronc, j'étais gonflé à bloc pour toute la journée. Tu as embelli ma vie.

L'évocation de ces jolis souvenirs me met les larmes aux yeux.

— J'avais oublié tout ça…

— Tu comprends pourquoi j'avais besoin de te soutenir, moi aussi ? J'ai pris plus de temps, mais je crois que j'ai enfin trouvé.

— Tu m'as toujours aidée.

— Mais peut-être que désormais, tu l'accepteras vraiment.

19

Après une nuit en dents de scie, à rêver que je retrouvais ma mère au moment où elle montait dans un camping-car et qu'elle s'en allait sans même m'adresser un regard, j'ai dormi toute la matinée et me suis réveillée en sursaut, persuadée que j'étais en retard pour l'usine.

Et même si ma carte motivation affirme que « grâce à chaque aventure de la vie, j'avance sur le bon chemin », je ne suis pas vraiment rassurée par la journée qui nous attend.

Pourtant, elle commence en douceur. Je profite du fait que Timothée réponde à quelques mails professionnels pour échanger avec mon père et me détendre sur le balcon de notre chambre, puis nous déjeunons sur le port en mettant sciemment de côté les sujets de discussion qui risqueraient d'alourdir mes angoisses.

Nous arrivons à Nonza en milieu d'après-midi.

Nous nous garons dans la rue principale, contre un muret de pierre derrière lequel se dresse une spectaculaire plage de galets noirs, une centaine de mètres plus bas. Enclavée entre les montagnes et la mer, elle est inaccessible en voiture. Sa couleur, ainsi que les dessins composés par les touristes à l'aide de cailloux blancs qui ressortent de la masse sombre du sol depuis les hauteurs, ont certainement contribué à sa notoriété. En tout cas, elle ne doit laisser personne indifférent, nous les premiers.

Au bout de plusieurs minutes, nous nous éloignons à regret, et traversons la route. Sur le mur d'une bâtisse, au pied d'un escalier, un écriteau indique « Galerie de Lina Natale, en haut des marches, à 100 mètres à gauche ». Si nous étions venus ici directement, nous n'aurions même pas eu besoin de passer par l'agent. Cette idée a beau me frustrer, je me répète que, après quinze ans d'attente, je ne suis pas à une journée près. D'autant que je suis à deux doigts de la crise d'angoisse.

J'avale une bouffée d'air, légèrement étourdie. Nous y sommes presque. Je fais de mon mieux pour ne pas tomber dans les pommes. Je marche tout doucement, soumise à la patience. Ma mère n'en avait aucune, et quelquefois, elle en avait trop. C'est étrange, ces pensées qui reviennent par surprise. Peut-être qu'elle est passée par là, elle aussi, qu'elle a laissé son empreinte dans les ruelles du village. Qu'elle s'est assise exactement sur ces marches. Je ne peux faire que des hypothèses, parce qu'elle en a décidé ainsi. Qui était-elle vraiment ? Quels étaient ses rêves, ses envies ? Si je veux être honnête, il me faut admettre qu'elle était déjà absente avant de disparaître. Fantôme des confessions ou des histoires d'enfance. Elle ne se racontait pas, n'avait rien à répondre à mes questions sur son adolescence. « Je n'ai pas mémorisé ces années-là, ma vie a réellement commencé lorsque j'ai rencontré ton père », se contentait-elle de dire. C'était romantique en théorie, mais totalement impossible dans les faits. « C'est une femme discrète, une taiseuse », c'est ainsi que j'avais entendu mon père la qualifier. « Elle a eu un passé difficile, mais elle préférait l'oublier. » Bien sûr. Comme elle a préféré nous oublier, nous.

La main de Timothée attrape la mienne. Face à nous, une grande maison blanche aux volets bleus se dresse, majestueuse.

— On sonne ? demande-t-il.

— Oh non, maintenant qu'on a vu la galerie, viens, repartons à l'aéroport, je plaisante pour ne pas lui montrer que je suis morte de trouille, en appuyant sur la sonnette.

J'ai beau jouer les aventurières, je n'en mène pas large.

Nous patientons une trentaine de secondes, mais rien ne se passe. Au bout de plusieurs minutes, il faut nous rendre à l'évidence. Il n'y a personne.

— On va laisser ma carte de visite dans la boîte aux lettres, suggère Tim, et on reviendra demain dans la matinée, d'accord ?

Après un dernier coup de sonnette, au cas où, nous entamons notre descente, nos pas aussi lourds que ma déception.

— Comment tu te sens ? s'inquiète Timothée.

— Je n'en sais rien. Une multitude de questions, de doutes et de théories se bousculent dans mon cerveau. En attendant devant ce portail, je me suis tout à coup demandé si ma présence ici était judicieuse. Si ma mère est venue vivre sur cette île, c'est qu'elle voulait couper les ponts. Ce matin encore, j'étais sûre de souhaiter à tout prix une explication. Mais elle a fait des choix, et si je les trouve mauvais, ce sont les siens.

Son regard, scrutateur, plonge dans le mien.

— Tu essaies surtout de relativiser, Margaux.

— Absolument, je compte bientôt passer ma ceinture marron de bouddha.

— Mais au fond de toi, tu en penses quoi ?

Je ferme les yeux. Un, deux, trois. Soupire. Et avoue :

— J'en pense que j'ai envie de pleurer, mais que je m'y refuse. Que pendant que tu travaillais, tout à l'heure, j'ai réservé un restaurant pour fêter l'avancée de nos recherches ou me réconforter. Et que je ne suis même plus capable de maîtriser mes émotions.

— J'entends au moins une bonne nouvelle dans cette phrase, se réjouit Tim. Le restaurant est loin d'ici ?

Comment Timothée fait-il pour être presque toujours d'humeur constante ? Pour s'amuser, s'étourdir, s'extasier d'un rien ?

Je désigne du bout de l'index les hauteurs de Nonza, du côté de la tour qu'on ne peut pas manquer dès lors qu'on s'approche du village.

— À quelques mètres à peine. De là-haut, on va assister à un nouveau coucher de soleil.

— Bon, on trouve notre chambre d'hôtes, on range nos affaires et on y monte ? Je crois que pour le moment, on ne peut rien faire de plus.

— C'est vrai. Et demain, il fera jour.

En fin d'après-midi, après nous être rafraîchis, nous grimpons vers la tour Paoline, réputée pour être un point de vue incontournable du village. Les escaliers sont raides, mais la vue se mérite. Perchés sur un rocher à plus de cent soixante mètres au-dessus du niveau de la mer, on peut admirer tout le golfe de Saint-Florent. Le cap Corse est magnifique, mais le panorama depuis ce promontoire surpasse tout. Je comprends pourquoi la Corse est surnommée l'île de beauté. Et dire que le restaurant choisi se situe seulement quelques marches plus bas !

Après avoir capturé le paysage avec nos téléphones et déchiffré tous les panneaux comme si nous risquions de subir une interrogation écrite, nous nous approchons de l'entrée du restaurant. Une serveuse nous informe à voix basse qu'elle va nous installer à sa table préférée. Si je songe l'espace d'une seconde qu'elle confie la même chose à tous les clients, je change d'avis en découvrant la place en question. Il s'agit de la toute dernière de la terrasse. Collée à la balustrade en fer forgé, y être assis donne l'impression d'être quasiment posé sur le flanc de la montagne, comme suspendus dans le vide.

— J'ai hâte de regarder le soleil se coucher sur ce paysage, je glisse à Tim.

— Ah, nous informe la serveuse dont l'oreille traîne, malheureusement, à l'automne, il plonge derrière ce point, de l'autre côté.

Je suis dépitée, mais je fais bonne figure. Peu importe, en définitive. Ce lieu porte en lui quelque chose de magique, comme tout ce village, d'ailleurs.

Dans les enceintes, les chansons françaises se succèdent. Dalida, Jane Birkin, Michel Fugain…

— Tu te souviens quand on jouait au « temps de paroles » ? je demande, soudain prise d'une vague de nostalgie. J'adorais, mais on a arrêté, après ce *jour-là*.

— Et c'est peut-être le bon moment pour recommencer, qu'en penses-tu ?

— OK, je suis partante.

— Attends, j'ai une meilleure idée. Est-ce qu'on ne pourrait pas modifier les règles du jeu ?

— Je t'écoute ?

— On choisit la conversation selon le sujet de la chanson. Dès les premiers mots, on essaie de trouver à qui ou à quoi cela pourrait convenir, et on en discute le temps de la musique. Pas mal, non ?

— Tope là.

Fébriles, nous attendons la fin de *Fais comme l'oiseau* pour démarrer notre jeu.

Pourtant, lorsque commence *Can't Take My Eyes Off You* interprété par Gloria Gaynor, nous laissons passer le premier couplet, absorbés par la contemplation du paysage. Aucune vague n'agite la surface de l'eau. Seules les ondulations de la mer oscillent lentement, bercées par le courant, au rythme de la musique.

Je suis la première à me soustraire au tableau qui s'offre à nous.

— Cette chanson, c'est toi, je lance, en marmonnant : « *You're just too good to be true* ».

— Moi ?

— Tout à fait. C'est exactement toi, même. Tu es toujours là, à me faire rire, réfléchir, apprécier la vie.

— Ah, j'aime bien ces nouvelles règles du jeu, plaisante-t-il. Continue, jette-moi des fleurs !

— N'en demande pas trop non plus. Je te rappelle que je ne t'ai pas encore pardonné tes petits secrets.

— Margaux, je…

Je pose le doigt sur ses lèvres pour l'interrompre :

— Mais sans toi, mon quotidien n'aurait pas la même saveur. Et souvent, je songe que je ne mérite pas de t'avoir dans ma vie.

Les traits de Timothée marquent son affliction.

— Ne pense jamais ça, s'indigne-t-il en effleurant ma joue du bout du pouce.

La serveuse s'approche de nous avec la carte des apéritifs. Elle nous propose un mojito signature, à la myrte et au vin corse. Nous acceptons tous les deux, tandis qu'en fond sonore, débute *Just the Two of Us*. Timothée attend qu'elle se soit éloignée, et annonce :

— Tu vois, celle-là, c'est nous. On se mérite. *Just the Two of Us*. Ça a toujours été nous contre le reste du monde. Tu te souviens quand on avait décidé de construire une cabane entre nos deux jardins et qu'on avait commencé à démonter la clôture pour vivre chez nous deux en même temps ? On avait quoi, sept ans ?

— Oh punaise, ça me revient, oui. On s'était fait engueuler. Ta mère était dans tous ses états.

— Et la tienne a éclaté de rire en découvrant le trou dans le grillage, ce qui a déridé la mienne.

— C'est fou, tu vois, j'avais oublié.

Nous nous taisons quelques instants. L'horizon s'enveloppe de brume au fur et à mesure que le soleil tire sa révérence.

Commence alors une chanson de Patrick Bruel.

« Que t'allais ptêt partir, et ptêt même pas revenir… »

— Ah, ces paroles, elles sont faites pour ma mère, tiens, justement.

Mais je ne suis pas sûre d'avoir envie d'en parler ce soir. Je ne veux pas salir le souvenir de ce moment.

— Ce n'est pas vraiment une chanson de départ, me contredit Tim. C'est surtout une chanson d'amour…

« J'sais bien qu'j'te l'ai trop dit… »

La pomme d'Adam de Timothée monte et descend. Il me fixe, puis ses lèvres prononcent les paroles suivantes, sans qu'aucun son ne sorte.

« Mais j'te l'dis quand même… je t'aime. »

Je me suspends à son regard, tandis que mon sang se lance dans une course de fond.

— Et voilà vos mojitos à la myrte, annonce la serveuse, en me faisant sursauter.

L'espace d'une seconde, de trois petits mots, je nous ai crus seuls au monde. Mon cœur tape si vite que je ne serais pas surprise qu'il s'échappe de ma poitrine pour sauter sur la table. J'essaie de reprendre mes esprits, et pivote doucement vers Tim, juste à temps pour distinguer ses yeux bleus qui s'obscurcissent.

Une musique corse débute pendant que la serveuse nous tend le menu.

Elle n'a pas encore tourné les talons qu'un couple d'octogénaires s'installe à la table voisine, qui nous salue en s'extasiant sur la splendeur de la vue. Timothée répond avec politesse, comme toujours. Et moi, je me mordille la lèvre, tout à coup en proie à la tristesse. La magie s'est évaporée, et avec elle, l'occasion d'aborder en toute sincérité ce qui vient de se produire.

J'aimerais avoir le courage, plus tard, lorsque nous nous retrouverons tous les deux, Tim et moi, de chantonner ce refrain ou de lui demander si ces dernières années, il s'est remémoré nos baisers échangés. S'il m'a déjà considérée autrement que comme sa meilleure amie. Mais je vais garder cette pensée pour moi. Je suis terrorisée à l'idée qu'en me confiant, Tim, gêné, ne soit plus jamais le même. Mieux vaut conserver notre relation, belle et platonique, plutôt que de chercher à la sublimer. Sans quoi, on pourrait tout aussi bien la gâcher, et je ne le supporterais pas.

20

Le chant des oiseaux me réveille à 9 heures. Je n'ai pas entendu Timothée se lever, mais un bout de papier griffonné à la hâte et laissé en évidence sur la table de chevet m'indique qu'il est parti faire un footing, et que je n'ai qu'à lui envoyer un message quand je serai debout pour qu'on partage un petit déjeuner au café de la Tour.

J'accueille son absence avec soulagement, car être seule va me permettre de réfléchir posément. Depuis le début du séjour, je ressens une tension inédite entre lui et moi. Est-ce que j'invente, est-ce que je prends mes désirs pour la réalité ? Et si c'est le cas, qu'est-ce qui ne tourne pas rond chez moi ? J'aimerais réussir à me raisonner, mais de plus en plus fréquemment, la proximité de nos deux corps m'électrise. D'anciens sentiments, que je pensais avoir étouffés sous des couches entières de « ce n'est pas convenable », se ravivent. Je dois prendre garde à ne pas y laisser des plumes, mais ces picotements m'exaltent, et je ne suis pas pressée qu'ils cessent. J'ai promis de lâcher prise, après tout, et je m'y emploie.

Je profite également de ce moment en solitaire pour envoyer quelques photos de la veille sur mon groupe WhatsApp familial, avec la citation tirée de mon oracle que je leur dédie : « Dire aux gens qu'on les aime est un bonheur dont il ne faut pas se priver. » Ils me répondent aussitôt avec des smileys cœur. Ils me manquent, tous les deux. Alors que mon père et moi avons coutume de nous voir chaque jour, il ne m'a pas adressé un seul coup de fil depuis notre arrivée en Corse. Comme s'il craignait de me déranger… ou qu'il voulait me laisser un peu d'espace. Il en profite probablement pour souffler, aussi, parce que j'ai tendance à trop le materner.

À la fin de notre échange rapide, je prends une douche, enfile une robe et décide d'aller me promener dans les ruelles de Nonza avant de rejoindre Tim.

Ce n'est qu'une fois en haut des marches, en arrivant en face de la maison blanche aux volets bleus, que je prends conscience que me rendre ici, seule, était mon souhait. Pourquoi ? Je n'en ai aucune idée. Devant l'entrée en bois qui donne sur une cour remplie de fleurs aussi colorées qu'embaumantes, un sobre « Galerie d'art » est noté à la craie sur une ardoise. Le portillon est à moitié ouvert, et si je crains de passer pour une malpolie, voire une intruse, ma curiosité prend plus de place que ma peur. Je me dirige vers une fenêtre, approche mon visage du carreau… Et l'émotion me submerge comme une vague en pleine tempête.

Contre le mur, il y a une œuvre qui, j'en suis persuadée, a été créée, ou tout du moins inspirée, par ma mère. Il s'agit d'un tableau peint en noir et blanc. Des serpentines collées forment des personnages, reliés les uns aux autres par un fin dessin au feutre noir, ainsi qu'un paysage. J'ai quasiment le même accroché dans ma chambre d'enfant. Et le plus surprenant, c'est que j'avais oublié qu'elle l'avait réalisé.

Je recule de quelques pas, soufflée par le choc.

À présent, je ressens la présence de ma mère plus fort que ces quinze dernières années. Dois-je faire confiance à mon intuition, ou mon cerveau me joue-t-il des tours ?

Un mouvement attire soudain mon attention, au premier étage. Je jurerais qu'un rideau a bougé. J'observe le mur quelques instants. Si la personne qui vit ici m'a repérée, elle devrait descendre, ouvrir la fenêtre, me demander ce que je veux ou me prier de déguerpir... Je vérifie les horaires de la galerie, mais rien n'est affiché, et personne ne vient à ma rencontre. Désappointée, je rejoins le centre du village. Je vais récupérer mes esprits et appeler Timothée, et nous reviendrons ensuite ensemble.

Parvenue au bas des escaliers, je traverse la route et m'octroie quelques minutes pour m'appuyer contre le muret de pierre, afin d'admirer la plage. Hier soir, pendant que Tim s'endormait à peine sa tête posée sur l'oreiller et que je luttais contre l'insomnie, j'ai lu un article sur Internet qui expliquait que la couleur des galets provenait d'une usine d'amiante installée à quelques kilomètres et démantelée dans les années soixante. Experts et habitants se disputent les véritables motifs, et je n'ai pas cherché à en savoir plus. Cette étendue de sable foncé longeant la mer m'hypnotise, à tel point que je ne vois pas les minutes défiler.

Lorsque je regarde finalement l'heure sur mon téléphone, il est 10 h 30, et Timothée m'a laissé trois appels en absence, ainsi qu'un message : « Où es-tu ? Rendez-vous au café de la Tour, dès que tu peux. Urgent. » Mon cœur se contracte et je parcours les deux cents mètres qui me séparent de la terrasse à la hâte.

Tim guette mon arrivée depuis sa table rouge, à l'ombre des platanes centenaires.

— Ah, te voilà ! s'exclame-t-il en se levant et en m'entourant brièvement de ses bras, me provoquant un léger étourdissement au passage. Je commençais sérieusement à m'inquiéter.

— Désolée, j'ai fait un tour et j'ai perdu la notion du temps. Qu'est-ce qu'il y a ?

— Margaux, il s'est passé un truc de dingue. Je finissais mon footing lorsque mon téléphone a sonné. C'était une vieille dame, qui m'a appris qu'elle vivait au-dessus de la galerie.

— Sérieux ?

— Elle a trouvé ma carte de visite. Et bref, elle m'a demandé si j'étais venue avec une amie, en te décrivant de façon assez précise.

Je repense au rideau que j'ai cru voir bouger, tout à l'heure. Je n'ai pas affabulé, en fin de compte.

— Quand j'ai répondu par l'affirmative, reprend Tim, elle m'a prié, ou plutôt ordonné, de venir récupérer un sac, qu'elle m'a laissé sur le banc dans sa cour, et de te le confier.

Il soulève un sachet en plastique qui était au pied de sa chaise, et le dépose devant moi.

— Tu connais son contenu ?

— C'est un cahier, il me semble. Elle m'a interdit de regarder, et m'a dit qu'une fois que tu aurais tout lu, elle serait là pour répondre aux questions que tu te poseras sûrement. Margaux… je crois qu'il appartient à ta mère.

Les poils de mes avant-bras se dressent, mais en réalité, je ne suis pas frappée de stupéfaction. Une sorte de sixième sens m'avait prévenue que quelque chose de ce genre allait se produire. Ma gorge s'assèche et mon ventre se noue. Je dois savoir. Maintenant. Je soulève le plastique et saisis une enveloppe marron. À l'intérieur se trouve un épais cahier de brouillon. Les pulsations de mon rythme cardiaque s'emballent.

J'ouvre la couverture. Et avant même de finir de lire la première date, je reconnais son écriture. Je referme le carnet d'un coup sec.

— C'est elle. C'est ma mère.

Timothée pose sa main sur la mienne et la caresse doucement, du bout du pouce.

— Tu préfères que je te laisse seule, ou qu'on aille dans un endroit plus tranquille ?

Je ne suis pas en mesure de fournir une réponse. J'aimerais ne pas avoir à vivre ce moment, que quelqu'un prenne une décision à ma place, commencer à lire immédiatement ou éloigner ces pages et faire comme si elles n'existaient pas. Mais plus que tout, je souhaite découvrir la vérité, comprendre, avancer. Non, c'est faux. Plus que tout, je voudrais que Timothée reste à côté de moi, qu'il ne retire pas sa main, que le frôlement de son pouce continue de réchauffer tout mon être.

Pourtant, je suis convaincue que je me trouve devant une porte, et si je désire me dépêtrer de ces quinze ans de doutes, je dois la pousser. Mais j'aimerais être sûre de ne pas être dérangée. J'implore Tim du regard.

— Tu m'accompagnerais jusqu'à la plage ?

5 juin 2015

Ce matin, une migraine fulgurante m'a tirée du sommeil. Quand j'ai ouvert les yeux, je n'étais pas dans mon lit. Un homme dormait à côté de moi. Augustin. Mon cœur s'est figé dans ma poitrine. Je me suis levée doucement, ai rassemblé mes affaires et suis partie sur la pointe des pieds. Comment puis-je n'avoir aucun souvenir de la façon dont je me suis retrouvée ici ? De ce que j'ai fait ? Le dégoût de moi-même s'est logé dans mon corps. Je n'arrive pas à me contrôler, à maîtriser mes actes, mes pensées. Dans la rue déserte, j'ai vomi un mélange de bile et d'âcre colère. Plutôt que de remonter chez Jéromina, j'ai couru jusqu'à la mer. L'eau était gelée, mais je me suis déshabillée et me suis laissé porter par les vagues, pour mieux laver mes péchés. Puisque j'avais tout oublié de la veille, je voulais oublier ce réveil également. Ne plus penser à rien. Mais la colère et la culpabilité sont restées, chevillées à mon âme.

Par rapport à Augustin, en premier lieu. On aurait pu devenir amis. J'appréciais vraiment sa compagnie. Petit à petit, j'avais appris à lui faire confiance, et je commençais même à me dire qu'il était capable d'entendre mon histoire, de l'accueillir sans me juger. Mais tout est gâché. Plus jamais je n'aurai l'audace de croiser son regard.

Lina, ensuite. Comment va-t-elle réagir si elle l'apprend ? Ou plutôt, quand elle l'apprendra. Il est fort probable qu'elle le sache déjà. Je n'ose imaginer sa fureur, et la scène qui va en découler. Elle n'appréciait déjà pas qu'on se soit rapprochés, lui et moi.

J'enrage de ne me souvenir de rien. D'être à la fois bourreau et victime.

Il m'a fallu un long moment pour parvenir à me calmer et reprendre le chemin de la maison.

Lorsque je suis rentrée, j'ai agi comme si tout allait bien, mais rien n'ira plus jamais.

Jéromina a vu que quelque chose clochait.

J'ai simplement laissé entendre que j'aspirais à un instant de solitude, alors elle m'a donné les clefs d'une bicoque qu'elle possède sur la plage, pour quand je ressentirai l'envie de m'isoler.

C'est d'ici que j'écris. La cabane dépérissait, et moi aussi. Par conséquent, plutôt que de dépérir chacune de notre côté, nous allons revivre ensemble.

21

SELON L'ARTICLE D'UN BLOG que j'ai consulté hier, il y a environ cinq cents marches pour descendre jusqu'à la mer. Mes jambes en dénombrent déjà le triple au bas mot, et nous ne sommes pas arrivés. Quant à mon souffle, il a déserté depuis belle lurette. En silence, parce que parler m'achèverait à coup sûr, nous progressons sur le sentier escarpé. Les escaliers sont en réalité constitués de pierres, tantôt hautes, tantôt basses, toujours inégales, ce qui requiert notre attention constante. Parfois, le chemin devient un simple passage en terre, nous offrant une lueur d'espoir, avant que de nouvelles marches viennent l'éteindre.

Je me demande si nous ne nous sommes pas trompés. Ne fallait-il pas continuer à droite après la fontaine de sainte Julie alors que nous avons pris sur notre gauche sans même nous concerter ? Il serait peut-être judicieux de faire demi-tour, ou de nous asseoir ici, au milieu de rien, pour découvrir les pages du cahier. Mais tout à coup, les rayons du soleil nous éblouissent. Nous avons atteint notre but, la plage se dresse dans notre ligne de mire. Je suis à deux doigts de pleurer de soulagement, lorsqu'une maisonnette blanche aux volets et à la porte peints en bleu attire mon attention. Je me fige sur place, le corps parcouru de frissons qui s'apparentent à une nouvelle intuition. Les battements de mon cœur redoublent d'intensité, et pas simplement parce que je manque de souffle et que je risque à tout moment de laisser un poumon en cadeau au maquis. Je reste plusieurs minutes à observer cette maison de plage, m'abandonnant à une vive émotion. J'étudie les murs lézardés par endroits, les rideaux pastel qui habillent les fenêtres, le jardin bien entretenu dans lequel une ancienne barque sert d'immense pot de fleurs. Lorsque je sors de ma contemplation, je découvre que Timothée a déjà avancé, et même étendu notre serviette. Pieds nus, la main en visière, il m'attend pour s'aventurer jusqu'à la mer.

Je le rejoins promptement, et ensemble, nous nous approchons du rivage. Les galets crissent sous nos pieds. L'eau est translucide, et l'atmosphère… spéciale. Cet endroit, même si je n'ai pas de grandes croyances mystiques, me paraît empreint d'ondes fortes. Peut-être parce que, à part nous, il n'y a personne, et que le sentier rend cette espèce de crique difficilement accessible, mais pas uniquement. L'horloge de l'église se met à carillonner, et je me tourne pour l'observer, si majestueuse depuis notre position en contrebas. J'en profite pour regarder les cailloux blancs qui forment des messages ou des dessins sur l'étendue grise. Ce lieu est à la fois sauvage et habité. Il inspire le calme et dévoile nos tempêtes intérieures.

— Tu es prête ?

Les chuchotements de Tim me confortent dans le fait que je ne suis pas la seule à ressentir cette atmosphère singulière.

— Oui, je murmure.

Revenus sur notre serviette, je bois quelques gorgées d'eau, puis, mon bras contre le sien, nos épaules se frôlant, je saisis de nouveau l'enveloppe, rongée par l'appréhension.

Suis-je légitime de lire ce cahier ? Mes mains tremblent tant que je peine à l'ouvrir.

— Si cette femme me l'a confié pour toi, c'est qu'elle avait ses raisons, me glisse Tim qui a remarqué ma nervosité.

Je presse son poignet entre mes doigts pour le remercier de m'avoir donné le signal que j'attendais, et plonge dans les premiers jours de ma mère après sa disparition. Dans une sorte de correspondance à sens unique : son journal.

Après quelques pages, j'ai besoin de m'accorder une pause. Découvrir que nous quitter l'a libérée me cisaille le cœur. Je m'imagine abandonner ce cahier et repartir à l'aéroport, ma carapace plus épaisse que jamais. Heureusement, la présence de Timothée m'insuffle le courage de continuer. Après tout, plus qu'une mère, ce que je suis venue chercher, ce sont des vérités. En poursuivant, je lis les regrets, la culpabilité, le désespoir, les maux dissimulés et les mots tus, en m'efforçant de ne rien ressentir. Ni colère ni empathie. Au fur et à mesure des pages qui se tournent, je retrace son parcours, ses failles et ses faiblesses. Je vois la vie renaître, et je sens aussi les sacrifices. J'ai la sensation de plonger dans les souvenirs d'une femme aux antipodes de celle que j'ai connue, et pourtant, je retrouve certains détails familiers. La présence de l'artiste, Lina, m'intrigue. Je m'interroge sur son identité, sur le lien qu'elle entretient avec ma mère, et sur l'influence qu'elle paraît exercer sur elle. Elle ne s'est pas contentée de la peindre. Elles semblent très proches, et depuis bien avant son arrivée ici. Se pourrait-il qu'elle ait organisé son départ ? Qu'elle l'ait enfermée dans une relation toxique de laquelle ma mère n'ait pas pu s'échapper ?

Les larmes roulent sur mes joues sans que je m'en rende compte, jusqu'à ce qu'une goutte vienne tremper le papier. Je relève les yeux. Tim m'observe, alors que je pensais qu'il parcourait les lignes avec moi.

Il ne me demande pas comment je me sens. Il passe simplement son bras autour de mes épaules et appuie ses lèvres chaudes sur ma tempe. Je referme le cahier et reste immobile, à savourer cette étreinte. Je réfléchis à la suite à donner à toute cette histoire, hésite entre reprendre ma lecture ou l'abandonner, et finalement, arrête mon choix sur ce que j'estime être la seule chose à faire. Je dois appeler mon père.

22

Je redoute cet appel plus qu'aucun autre.

Timothée m'a proposé de s'éloigner pour me laisser tranquille, mais je lui ai demandé de rester. Il m'a assuré qu'il était là, mais il n'en avait pas besoin. Je le sais. C'est même désormais ma plus grande certitude.

Assise sur ma serviette de plage, je me force à respirer doucement en écoutant les tonalités s'égrener. Un, deux, trois. Je caresse ma pierre de sainte Lucie pour me donner du courage.

— Allô papa ?

— Ma petite chérie ? Qu'est-ce qui se passe ?

— Rien, ne t'inquiète pas…

— Ah ouf ! Je suis à l'association. D'ici ce soir, le puzzle géant sera fini ! Je suis soulagé, c'était tellement important pour moi de le terminer aujourd'hui…

Depuis notre arrivée en Corse, je vis sans montre et sans calendrier, mais soudain, je réalise. Nous sommes le 26 septembre. Il y a quinze ans exactement, ma mère s'évanouissait dans la nature sans se retourner. Elle m'achetait un cadeau pour mon quinzième anniversaire avant de se volatiliser pour toujours. Si la date de sa disparition est restée dans nos mémoires au 27 septembre, elle nous a abandonnés la veille. La vie est sacrément douée pour nous jouer des tours.

— Margaux ? Tu es sûre que ça va ?

Je me ressaisis.

— Euh, oui, papa, et félicitations ! C'est seulement que… il fallait que je te parle de quelque chose d'important.

Son souffle se charge d'inquiétude. La main de Timothée se colle dans mon dos, protectrice.

— Tu es malade ?

— Non. C'est… Ce séjour, il n'est pas purement récréatif, en réalité. Tu es assis ?

— Euh, attends, dit-il, et j'entends une porte claquer. C'est bon. Je me suis isolé dans le couloir.

Je l'imagine se poser sur le bord d'une chaise, se cramponner à l'accoudoir, guetter fébrilement la suite, prêt à sauter dans sa voiture, dans un bateau, pour me rejoindre. Je suis sur le point de chambouler sa tranquillité, et je m'en veux beaucoup, alors je m'éclaircis la gorge avant d'enlever le pansement d'un coup sec.

— Bien. Tout t'expliquer demanderait trop de temps, donc je vais aller droit au but. Tim et moi, on a… retrouvé la trace de maman. Pas elle en personne, pour l'instant. Mais je sais qu'elle a séjourné dans le village de Nonza, où je suis actuellement. Elle y a laissé un carnet rempli de notes, quelqu'un me l'a confié par l'intermédiaire de Timothée.

Un silence éloquent. Une respiration saccadée. L'émotion de mon père.

— Margaux… Mon Dieu. Comment tu te sens ?

— Un peu ébranlée, mais je gère. Et toi ?

— Je… Tu as bien fait de me demander de m'asseoir, essaie-t-il de plaisanter, bien que son intonation trahisse son agitation. Tu as lu ce carnet ?

— J'ai commencé, mais je voulais t'avertir avant de continuer ou de m'arrêter.

Un nouveau soupir au bout du fil. Je visualise parfaitement la position dans laquelle doit se tenir mon père, replié sur lui-même.

— Tu sais où la trouver ?

— Pas encore. J'ai vu la maison dans laquelle elle a vécu, et une œuvre qu'elle a dû créer. Tu te souviens du tableau accroché dans ma chambre, avec les galets ? Il y a presque le même ici.

Aucune réaction. J'ose à peine imaginer les pensées qui le traversent. Comme si je brandissais sous son nez le dernier morceau d'un puzzle, et qu'il ne pouvait pas l'attraper pour le placer dans le trou restant.

— J'ai lu deux ou trois pages, mais il y en a beaucoup plus, je continue. Alors, je t'appelle pour te demander si tu veux que je t'apporte ce cahier pour que tu en prennes connaissance d'abord.

Le silence a pris ses aises au bout du fil, entrecoupé par les larmes étouffées de mon père. Je choisis de ne pas le bousculer, et d'attendre qu'il digère la nouvelle.

— Je pense que c'est à toi de le lire en premier, Margaux.

— Mais…

— Il n'y a pas de « mais », pas même de « au cas où », m'interrompt-il avec un faible rire. J'ai évidemment été dévasté par la disparition de ta mère, mais c'est en réalité toi qui as été le plus affectée, ma petite chérie. Alors, si entre ces lignes, il existe un moyen de te faire du bien, c'est normal que ce soit toi qui les découvres. Par contre, si tu ne t'en sens pas capable, je prendrai le relais.

Je laisse passer un blanc, afin d'assimiler ce qu'il vient de me dire.

— Tu penses vraiment que c'est moi qui ai le plus souffert ?

— Il n'y a pas de concours du plus gros chagrin, mais c'est évident. Bien sûr, au départ, tout me paraissait insurmontable, et c'est grâce à ta présence que j'ai pu me relever. Et quand on a appris qu'elle était partie volontairement... qu'un homme se fasse quitter, c'est une chose terrible, surtout dans ces circonstances. Mais une maman, on n'en a qu'une. Moi j'étais adulte. Toi, il a fallu que tu te construises dans l'absence, dans l'ignorance, avec cet espoir pour compagnon d'infortune, et cet instinct de protection que tu as développé envers Célia et moi, et dont tu n'as jamais réussi à te débarrasser tout à fait...

Je renifle en essayant de le cacher. Ainsi, lui aussi pense que je me suis trop occupée de leur bien-être et que je me suis, en quelque sorte, sacrifiée. Cela rejoint les paroles de Timothée et de Célia, et il faudra que j'y réfléchisse sérieusement, après notre retour.

— Je vais le lire, alors, avant de te le rapporter. Je t'appellerai si je trouve quelque chose qui peut me guider vers elle.

— Ça marche, souffle-t-il. N'hésite pas. Si je peux t'aider... En tout cas, te savoir avec Timothée me rassure.

Je me tourne vers mon ami, qui ne me quitte pas des yeux, prêt à intervenir si je faiblis. Je lui souris.

— Merci, papa. Et à propos de ce cahier, je voulais te demander... Au début, maman évoque le fait qu'elle s'est sentie obligée de fuir, comme si une force invisible l'y avait poussée. Un profond mal-être, comme un burnout, ou peut-être une dépression du post-partum se dégage de ses mots... On en parlait, à l'époque, n'est-ce pas ?

— On l'évoquait, oui. Moins qu'à l'heure actuelle, mais… tu penses que ce serait la raison de son départ ?

— C'est une possibilité. Elle note aussi qu'elle a déjà dû disparaître, ça t'évoque quelque chose ?

Mon père semble se crisper à l'autre bout de la ligne.

— Elle avait des phases où elle était plus fragile mentalement. Mais souvent, c'est parce qu'elle souffrait de terribles migraines qui la forçaient à rester alitée dans l'obscurité, ce qui jouait sur son humeur. Aucun médicament n'était efficace, et malgré de nombreux examens, aucun médecin n'a réussi à trouver comment atténuer ses douleurs.

— Je me souviens, oui.

— Mais maintenant que tu m'en parles, il y a quelque chose qui me revient.

— Quoi ?

— C'est très vieux, et ça n'a probablement aucun lien, mais quand j'ai rencontré Nathalie, elle avait à peine dix-huit ans, et elle vivait dans une sorte de colocation, avec des amis d'amis. Lorsqu'elle le mentionnait, je le voyais plutôt comme un squat. Elle assurait que ces gens l'avaient accueilli au décès de sa mère, et qu'elle s'y sentait mieux qu'en foyer.

— Elle a vécu en foyer ?

— Rapidement, oui, mais ça aussi, elle préférait le laisser au passé pour se concentrer sur l'avenir. Ça a toujours été une battante, ta mère ! Pourtant, il y a une chose que j'ai apprise, et dont je n'ai pas parlé, parce que… finalement, à quoi bon…

— Qu'est-ce que c'est ?

— Quelque temps après *ce jour-là*, j'ai fouillé toutes ses affaires à la recherche d'indices, de pistes à suivre, d'un mot d'explication… Et je suis tombé sur une carte, datée de septembre 2008, où il était écrit quelque chose comme : « J'ai le regret de te faire part du décès de ta mère. » C'était donc deux semaines avant sa disparition. Je ne me souviens plus du nom de l'expéditeur, dont je n'avais jamais entendu parler, mais je l'ai très certainement gardée dans un carton.

— Mais pourquoi n'en a-t-elle pas parlé ?

Mon père pousse un profond soupir.

— Je n'en ai aucune idée… et la seule personne qui détient la vérité, aujourd'hui, c'est Nathalie…

— Je crois que je risque d'en découvrir bien plus que je ne le pensais en parcourant son carnet.

— C'est possible. Mais quoi que tu lises, promets-moi de garder l'image de la maman qu'elle a été pendant quinze ans. Pas de celle qui se renfermait sur elle-même comme elle pouvait le faire parfois, mais de celle qu'elle était le reste du temps, celle qui était pleine de lumière.

— Je vais essayer.

Il y a un nouveau blanc au téléphone, suffisamment long pour que je me demande si la communication n'a pas été coupée, avant que la respiration de mon père résonne.

— Je suis désolé de ne pas t'en avoir parlé avant, je ne voulais pas…

— Je sais, papa. De toute manière, qu'aurais-je bien pu faire de cette information ? Tu n'as rien à te reprocher. On en rediscutera quand je reviendrai.

— Bien sûr, ma petite chérie, et tu m'appelles au cas où, d'accord ?

— Oui. Je suis navrée de ne pas être là demain.

— Oh, ne t'en fais pas, c'est bien que pour une fois, tu aies changé d'air pour ton anniversaire. On le fêtera ensemble très vite.

— Merci, papa. Au fait, ton rendez-vous avec Karine qui n'en était pas un, comment c'était ?

À la mention de Karine, je pourrais jurer que le soleil est revenu sur mon père. Il glousse sans pouvoir se retenir. On dirait Célia quand un garçon lui plaît. Ou moi quand Timothée pose son regard sur moi trop longuement, comme c'est le cas en ce moment.

— Il faudra qu'on en discute aussi... j'aimerais ton autorisation pour, éventuellement... tu vois.

— Tu n'as pas besoin d'une quelconque autorisation, papa. Tu as le droit de faire tout ce qui te rend heureux.

— Paul avait l'air plutôt calme, je trouve, essaie de me rassurer Tim, à peine la conversation terminée.

— Oui, ça enlève un énorme poids de mes épaules. Mais... il y a quelque chose qui me perturbe, et je n'arrive pas à mettre le doigt dessus.

— À propos d'une autre disparition ?

— Peut-être, je dis en récupérant le cahier laissé sur les galets. Je conserve un goût amer dans la gorge... Je vais me replonger dans ma lecture.

— Et moi, me dit Tim, je vais faire quelques ricochets. Tu m'appelles quand tu veux, d'accord ?

Le carnet dans les mains, je reste de longues minutes sans bouger, me contentant de regarder les vagues et Timothée qui s'applique à lancer des galets dans l'eau. Finalement, avec le sentiment de tomber dans un précipice, je fais défiler les premières pages, en quête de l'indice qui me permettra de rassembler dans le bon ordre toutes les pièces du puzzle.

Je relis depuis le début, en trouvant aux mots, déjà, une nouvelle signification.

La nausée me gagne. J'aimerais me tromper, mais je sens que je m'approche de la vérité, que je la touche du bout des doigts.

Je pourrais tout arrêter, et me faire ma propre interprétation. Serait-ce mal ? Après tout, chacun mène sa vie en traduisant ce qui s'y passe comme il l'entend.

Si je refermais ce cahier, je pourrais garder mon existence telle quelle.

Mais connaître la vérité m'apparaît comme une nécessité. Je suis venue chercher des certitudes, et elles n'attendent désormais plus que moi.

Au moment où je m'apprête à reprendre ma lecture, je reçois un SMS. Il s'agit d'un numéro inconnu, mais un gémissement m'échappe en découvrant le message.

« Bonjour, c'est le chanteur du concert. La femme sur le portrait s'appelle Lina. J'espère que cette information vous aidera. »

Je ferme les paupières sans même chercher à compter dans ma tête. Je pourrais aller jusqu'à mille que le calme ne reviendrait pas.

À la hâte, je glisse le cahier dans l'enveloppe et attrape mes affaires.

Timothée se rapproche en me voyant me lever.

— Il faut que je me rende à la galerie pour parler à la femme qui t'a donné le carnet. Je pense qu'elle peut m'aider à dénouer les fils de cette pelote, je dis en lui montrant le SMS.

Son regard se remplit d'incompréhension.

— Putain, c'est quoi ça ? Bon, attends, il a sûrement confondu avec la peintre, non ? Ou alors… ta mère a changé de nom ?

— Je crois que c'est plus compliqué, mais si on discute pendant que je grimpe, je risque de crever.

La remontée est encore plus raide que la descente, pourtant, je suis poussée par une force nouvelle, et nous parvenons en haut des escaliers en moins de trente minutes. Je bois un peu d'eau, reprends mon souffle, et m'adresse à Timothée autant qu'à moi-même.

— Bon, quand faut y aller…

Je me colle contre son torse, savourant le contact de ses bras qui s'enroulent dans mon dos. J'ai besoin de cette étreinte pour me préparer à affronter la vérité, et sûrement de nombreuses tempêtes. Rechargée, je me recule légèrement pour regarder son visage.

— Tu veux… commence-t-il.

Je l'interromps d'une pression de mes doigts sur son bras.

— Merci, Tim, mais je vais y aller seule.

— Souviens-toi que tu es aussi forte que les montagnes, et que chaque épreuve que tu traverses se conclut par quelque chose de positif, me souffle-t-il à l'oreille en lisant mon hésitation.

— Cette phrase est trop longue pour se la tatouer sur le bras, je réponds avec malice afin de cacher mon trouble.

— Que penses-tu de « Quand on tombe, on ramasse toujours quelque chose » ?

Un éclat de rire m'échappe et me surprend. Je n'imaginais pas pouvoir plaisanter dans de telles circonstances, mais Timothée parvient à créer ce genre de miracle.

— On peut trouver encore mieux.

Les lèvres retroussées, il plonge son regard dans le mien.

— Allez, file.

Il s'apprête à m'embrasser le haut du crâne, mais je redresse mon visage, effleure le coin de ses lèvres d'un baiser et, avant qu'il réagisse, m'éloigne sans me retourner, la poitrine en feu et un sourire béat vissé sur la figure.

7 juin 2016

Lina a voulu organiser une fête pour l'inauguration de sa galerie, dont les travaux viennent de se terminer, au rez-de-chaussée de la maison de Jéromina. J'étais contre cette idée. Celle de la galerie, et celle de la soirée, d'ailleurs. Mais Lina me relègue de plus en plus en arrière-plan, alors que ce sont nos tableaux qu'elle va exposer et vendre.

Nos tableaux, avec sa signature, sur chacun d'eux. « Lina Natale », pour le clin d'œil à Nathalie, selon elle. Ce n'est pas ça qui m'ennuie. Elle peut tirer toute la couverture à elle si ça lui chante. Les coulisses me conviennent. Elle a toujours été la lumière tandis que j'étais l'ombre.

Mais d'une part, j'aurais apprécié que nous prenions la décision ensemble. Et d'autre part, ces mondanités me donnent des palpitations. Je ne veux pas de journalistes, pas de photo officielle, aucun encart dans les journaux. Je refuse de m'exposer au monde.

Malheureusement, Lina aime briller en société, et je n'ai pas pu me dérober. Je l'ai regardée raconter « ses » rituels d'artiste. Comment je choisis mes couleurs, l'heure à laquelle je vais peindre, les serpentines que j'ajoute pour conférer une autre dimension à mes tableaux. Elle sait exactement tout de moi. Et surtout, elle sait comment m'atteindre.

Plus le temps passe, plus elle parvient à prendre le contrôle sur moi.

Et puis, j'ai vu Augustin s'approcher. Je voulais m'éloigner, me cacher, mais Lina m'en a empêchée. Elle prenait toute la place, et moi, je ne pouvais qu'assister à la scène, impuissante.

Démunie, j'ai observé la manière dont il regardait Lina, et mon cœur s'est pris une décharge électrique. J'ai compris que lorsqu'il s'était retrouvé avec moi, il s'était imaginé qu'il était avec elle.

23

J'ai embrassé Timothée. Du bout des lèvres, certes. Mais j'ai osé et j'en suis toute retournée. Un sentiment d'allégresse me pousse jusqu'à la galerie. Sur la terrasse, face à la plage de galets noirs qui se révèle en contrebas, une vieille femme est assise sur un banc en fer. Je ne vois que son dos. Légèrement recroquevillée, elle semble contempler un voilier qui jette l'ancre au loin, à moins qu'elle ne soit plongée dans ses pensées. Elle porte une robe noire, un châle en laine gris sur ses épaules et un chignon entièrement blanc sur la tête. Je ne veux pas l'effrayer en m'approchant et en l'arrachant à ses réflexions, alors je rebrousse chemin sur quelques mètres, et reviens sur mes pas en claquant mes talons sur les pavés. Je suis de nouveau devant le portillon lorsqu'elle tourne vers moi ses yeux bleu délavé. Je reconnais la femme qui était sur l'un des portraits, à l'exposition de Luri. Une lueur traverse son regard. Elle murmure une phrase en corse, dont l'intonation suggère que j'avance vers elle.

Je la salue, mais elle paraît ailleurs, en tout cas pas suffisamment ici pour se conformer aux salutations d'usage.

— On dirait elle, reprend-elle, en français cette fois, en tapotant la place libre à ses côtés pour que je m'y assoie.

Je m'exécute, les jambes tremblantes. Ses mains fripées se posent sur les miennes, sèches et froides.

— C'est comme si elle était revenue, ajoute-t-elle, l'air songeur.

Parle-t-elle de ma mère ? Si c'est le cas, cela signifierait qu'elle a à nouveau disparu. Mon cœur se serre, mais je tente de n'en rien laisser paraître.

La vieille femme m'observe comme seuls les tout petits enfants ou les personnes âgées s'autorisent à le faire, sans se soucier en aucune manière du malaise qu'ils pourraient provoquer à ceux qu'ils scrutent.

— Comment tu t'appelles ? me demande-t-elle.

— Margaux.

Du bout du pouce, elle fait un signe de croix.

— *Aïo.* Comme ma mère, *babin.*

— Je suis perdue, j'avoue, lui dévoilant la confusion qui me tenaille. Je suis navrée, mais... je ne sais ni qui vous êtes ni si je suis réellement la personne que vous espérez. J'aimerais être sûre qu'on ne fait pas erreur, vous et moi. Je suis la fille de Nathalie.

— Bien sûr. Je t'ai reconnue. Je t'attendais. Je suis Jéromina, ton arrière-grand-mère.

Heureusement que j'étais déjà assise, sinon, je serais tombée à la renverse. Quand elle dit « arrière-grand-mère », est-ce au sens affectif ou biologique ? Pourquoi ma mère nous aurait-elle caché sa famille ?

Une pluie d'interrogations s'abat sur moi. Si j'avais cru déceler des bribes de vérité en commençant à lire le carnet, je m'aperçois que j'étais loin du compte. J'aimerais poser mille questions pertinentes, m'extraire de ce flou dans lequel sa révélation me plonge. Pourtant, la seule que je parviens à formuler est parfaitement ridicule :

— Comment saviez-vous que j'allais venir ?

— Après avoir laissé le cahier à ton ami, je me suis doutée que tu aurais besoin d'explications, je me trompe ?

— Non, en effet. Je… je nage en eaux troubles.

— *Babin.* Par où commencer ? Cela remonte à loin…

Elle se tait, me donnant l'impression qu'elle n'est à nouveau plus tout à fait avec moi. J'espère qu'elle a conservé toute sa mémoire. L'impatience me ronge :

— Pourquoi ma mère ne vous a-t-elle jamais mentionnée ? Qu'est-il arrivé pour qu'elle s'en aille, puis qu'elle revienne ? Je suis désolée, mon intention n'est pas de vous presser, mais toutes ces questions tournent dans ma tête…

Ses lèvres forment un sourire qui meurt aussitôt.

— C'est normal, ma petite, de vouloir savoir. Moi-même, il y a tant de choses que je ne sais pas, que je n'ai jamais sues… Mais à nous deux, il est possible qu'on puisse retracer son histoire, du moins dans les grandes lignes.

— Peut-être… j'acquiesce, laissant volontairement ma phrase en suspens.

Elle presse ses doigts contre les miens, et je m'aperçois que cette étreinte, provenant pourtant d'une inconnue, me réconforte. Non, pas une inconnue. Mon arrière-grand-mère. C'est complètement irréel.

— Pourquoi n'a-t-elle pas parlé de nous ? reprend-elle. Certainement que, comme pour un tas d'autres choses, elle s'est forcée à oublier. Et pourquoi elle est partie et revenue, là, j'ai sans doute une explication, mais c'est une longue histoire.

— J'ai le temps.

La vieille femme retire ses mains et se lève avec difficulté, prenant appui sur une canne que je n'avais pas remarquée.

— Moi aussi. Je n'ai plus que cela, du temps. En tout cas, c'est ce que je pensais jusqu'à ce que tu arrives. Je te propose de venir plutôt dans la cuisine, on pourra boire et manger.

Je me redresse, et elle se met en marche. Elle avance à petits pas prudents jusqu'à la porte vitrée à travers laquelle j'ai épié l'intérieur de la galerie, il y a quelques heures à peine.

— Tu veux prendre un moment pour regarder ?

Je fais signe que oui.

J'observe les murs et les étagères remplis de peintures, de sculptures, de photos.

Les galets de la plage de Nonza sont à l'honneur dans la plupart de ces œuvres, façonnant des nuages, des personnages, des arbres, reliés par des lignes tantôt blanches, tantôt noires, pour engendrer des tableaux d'une extrême finesse. Les peintures, quant à elles, consistent pour la plupart en un saisissant contraste entre la blancheur de l'écume et la noirceur de la plage. Tout, dans la majorité de l'exposition, évoque la dualité, l'opposition. La douceur et la brutalité. L'aube et la nuit totale. La quiétude et l'agitation. La nature tient une place prépondérante. Des fleurs, des morceaux d'écorce, des feuilles d'arbres s'invitent dans les tableaux. Je pense à mes bougies décorées de fleurs séchées, à la joie que j'ai d'aller les cueillir, et une vive émotion s'empare de moi. Est-ce que tout cela forme l'œuvre de ma mère ? Ai-je hérité d'elle ma fibre créative ?

J'en oublie tout ce qui m'entoure, subjuguée par ces tableaux, jusqu'à ce que Jéromina entre dans mon champ de vision. Elle m'attend, sans un mot.

Je m'excuse du bout des lèvres et la suis à travers un long corridor, jusqu'à une cuisine d'époque. Je prends place sur un banc en bois tandis que Jéromina sort deux verres, une carafe d'eau, et un plateau de charcuterie. Ses gestes sont lents, minutieux. Elle retourne le pain, y trace un signe de croix avec la pointe de son couteau, puis me prie de me servir. Enfin, elle s'assoit face à moi, boit une gorgée d'eau et s'enroule dans son châle.

— Je vais devoir remonter loin dans le passé, mais je considère que c'est important pour que tu comprennes le reste. Interromps-moi si tu as besoin de précisions.

Elle ferme les paupières, et un soupir mélancolique soulève sa poitrine, avant qu'elle entame son récit.

24

ON Y EST. La vérité est toute proche. Et avec elle, peut-être, la possibilité de m'expliquer avec ma mère, de la laisser, elle aussi, comme Jéromina, me raconter son histoire.

Je fixe celle qui dit être mon arrière-grand-mère, et ses doigts qui se referment sur un chapelet.

— Dans les années soixante-dix, commence-t-elle, ma fille Ghiulia est partie sur le continent, contre l'avis de Dume, mon mari, qui ne lui a plus jamais adressé la parole et qui a emporté sa rancœur dans sa tombe, le pauvre. Ghiulia était une fonceuse, qui pensait que la grande ville lui apporterait une meilleure vie. Et pendant un temps, cela a été le cas. Au début, elle me donnait des nouvelles chaque semaine. Moi, je n'avais pas le téléphone, mais elle appelait chaque lundi à 18 heures, alors je me rendais au café, et ils me la passaient. Et puis elle a oublié d'appeler, une fois, et encore une autre. Jusqu'à ce que je finisse par ne plus descendre. La désillusion fait mal, j'imagine que tu le sais.

J'acquiesce d'un signe de la tête. Oh oui, je ne le sais que trop bien. J'observe Jéromina. Son profil usé par les années, mais qui me rappelle ma mère, comme si je regardais son portrait à travers un filtre vieillissant.

— Ce qu'il s'est passé là-bas, reprend-elle, je ne l'ai appris que plus tard, et encore... elle ne m'a pas tout raconté. Elle était beaucoup trop orgueilleuse ! Elle est tombée enceinte d'un *pinzutu*, et elle a accouché d'une petite fille. Elle l'a traînée partout pendant plusieurs mois, et Dieu seul sait l'existence qu'a connue cette petite, car Ghiulia menait sa vie comme elle l'entendait sans jamais se soucier de personne... Et puis un jour, elle venait de rencontrer un autre homme, et ça ne se passait pas bien avec la petite, ou ça ne correspondait plus à ses aspirations, donc elle est revenue et me l'a laissée. Natalina avait deux ans.

— Natalina... ma mère, donc ?

— Oui. Natalina, c'était le prénom de ma grand-mère à moi. Sur le continent, on dit Nathalie. Natalina est arrivée, Ghiulia est repartie, et malgré les difficultés, ce fut une belle, une merveilleuse période. Je venais d'enterrer mon Dume, et cette gamine, elle a ranimé mon âme. Petite, elle possédait une imagination fertile, une joie de vivre immense, et ici, elle trouvait l'affection dont elle avait manqué. C'était une enfant du pays. Tout le monde la chérissait, la veillait, la dorlotait. Elle était ravissante, drôle, intelligente. Elle était virevoltante.

Les yeux délavés de Jéromina se mouillent à l'évocation de ces souvenirs. Je visualise une version miniature de ma mère courir dans les ruelles pavées de Nonza, s'arrêter au café de la Tour, descendre jusqu'à la plage... mais vite, je retourne à l'instant présent pour ne rien rater du monologue de la vieille femme.

— Mais quand Natalina a eu neuf ans, Ghiulia est rentrée pour me la reprendre, certaine qu'elle allait lui offrir une vie meilleure. J'ai vécu le plus terrible déchirement de mon existence. J'ai pleuré toutes les larmes de mon corps, jusqu'à ce qu'il n'en reste plus. Tous les jours, j'allais prier sainte Julie pour qu'elle revienne.

« Pour qu'elle revienne. » Cette formulation me file la chair de poule. Cette femme, mon arrière-grand-mère, a traversé les mêmes affres que moi. Elle a espéré, elle a attendu, elle a souffert.

— Et elle est revenue, je murmure.

— Il y a quinze ans. En mauvais état, la pauvre petite. Avec la peau sur les os et les cernes sous les yeux, comme si elle avait parcouru un interminable périple. Esquintée, diminuée.

— Et Lina ? je demande, le sang battant à mes tempes.

— C'est elle qui est arrivée la première, qui les a ramenées au bercail. Nathalie, elle, était encore coincée dans leur tête.

Le choc me transperce, alors que les pièces du puzzle s'imbriquent, dévoilant le paysage dans sa totalité, avec ses lumières, mais surtout avec ses ombres. Natalina. Nathalie. Lina. Un seul corps, pour deux identités. Ma mère n'a pas déjoué les statistiques. Et Marie-Line disait vrai. Si maman s'est évaporée, c'est parce qu'elle avait un problème avec elle-même. Un ouragan qui la dévastait, des maux qu'elle n'osait révéler, par peur sans doute d'être incomprise, rejetée, enfermée. Un trouble de l'identité. J'en ai entendu parler dans un podcast de psychologie. Le sujet m'a fascinée, mais pas suffisamment pour approfondir mes recherches. Je regrette.

— Vous connaissiez le mal qui la rongeait avant qu'elle revienne ? je demande.

— Non. Petite, elle n'était pas ainsi, ou elle savait le cacher. Même les premiers temps, explique-t-elle en regardant droit devant elle, je n'ai pas compris. J'ai cru que le voyage l'avait abîmée, et c'était vraisemblablement le cas. Tantôt, elle était pleine d'énergie, à arpenter les environs, à se rendre sur la plage et à rapporter toutes ses trouvailles, tandis qu'à d'autres moments elle restait dans un coin à gamberger. Parfois, elle me vouvoyait. Souvent, je la voyais lutter avec elle-même. J'ai vite vu que quelque chose ne tournait pas rond.

— Elle ne nous a jamais rien dit, à nous. Et nous ne nous sommes rendu compte de rien. Enfin, avec le recul, certains signes auraient sûrement pu nous mettre la puce à l'oreille…

— Elle ne m'a jamais rien dit non plus. De mon côté, tout ce qui touche à la psychologie m'a toujours dépassée. Au début, j'ai cru que c'était le mauvais œil qui l'avait attrapée. Donc, j'ai appris la prière pour le lui ôter…

— La prière ?

— Dans nos villages, les prières pour enlever le mal circulent de génération en génération. Pour couper le feu, pour stopper les plaies, ou pour chasser le mauvais œil. On doit les mémoriser entre le 24 et le 25 décembre pour qu'elles fonctionnent. Je l'ai récitée tant de fois… mais j'ai dû me rendre à l'évidence : ce n'était pas le malin qui la rongeait ni la jalousie d'un autre qui s'était abattu sur elle, elle était simplement ainsi. Alors, j'ai accepté.

— Accepté ?

— Je n'avais aucune autre solution. J'ai appris à les distinguer, selon l'attitude, la manière de s'exprimer. Nathalie. Lina. Lina était très chaleureuse. Nathalie était plus mesurée, plus timide, plus en retrait. C'était facile pour moi de les reconnaître. Lina m'appelait Nanna, qui veut dire mamie en corse. Nathalie par mon prénom. Je les ai aimées, chacune à leur manière. Elles partageaient la même enveloppe corporelle, mais elles étaient bien différentes.

— J'ai retrouvé la trace de ma mère grâce à un portrait réalisé par Lina, et… juste avant de monter, j'ai découvert que c'était elle, sur ce portrait.

— Lina adorait peindre les gens. Nathalie, elle, préférait représenter la nature, ainsi qu'écrire, et créer des objets.

— Elle est repartie il y a longtemps ?

Le regard de Jéromina se délave un peu plus.

— Je crois que ta maman n'en pouvait plus des voix dans sa tête. Elle a tout mis en œuvre pour qu'elles cessent.

Je me fige, et quelques secondes me sont nécessaires pour poser la question qui me paralyse :

— Que voulez-vous dire ?

Les doigts de la vieille femme disparaissent sous son châle, agrippent son chapelet.

— Tu es descendue à la plage ? poursuit-elle sans répondre à ma question.

J'acquiesce du bout des lèvres.

— Elle est allée s'installer dans la maison qui longe le sentier.

— Celle avec une vieille barque dans le jardin ? Elle y réside toujours ?

— Oui, celle-là. Là-bas, elle pouvait vivre seule, ne croiser personne, et aller se baigner quand elle le désirait. Elle a fabriqué des objets magnifiques, lorsqu'elle y séjournait. Mais Lina n'aimait pas cet endroit. Lina était le soleil, elle voulait briller, quitte à se brûler les ailes. Nathalie demeurait dans son ombre. Lorsqu'elle se réveillait ici en s'étant endormie en bas, elle en pleurait des larmes de rage. Je crois qu'un jour elle a fait un choix. La veille, j'avais senti un changement, durant sa visite. J'ai eu un drôle de pressentiment. Je ne m'étais pas trompée. Je l'ai vue aller se baigner, comme chaque matin, depuis le banc sur la terrasse.

Jéromina s'interrompt. Sa main, qui égrenait les perles du chapelet, vient attraper la mienne par-dessus la table. Ses doigts noueux s'accrochent aux miens, comme pour me préparer à la suite.

— Je l'ai longtemps suivie du regard, et puis je l'ai perdue de vue. J'ai immédiatement envoyé Augustin sur place. Mais c'était trop tard. Elle n'est jamais revenue sur le sable, et pour elle, c'était sûrement mieux ainsi. Qu'elle repose en paix.

Elle lâche ma main pour réaliser un nouveau signe de croix. Des larmes roulent sur mes joues, et machinalement, je caresse le coquillage de sainte Lucie.

— C'était quand ?

— Cela fera sept ans le 18 octobre. Depuis, j'ouvre la galerie pour honorer sa mémoire. Augustin s'occupe d'envoyer quelques tableaux dans des expositions, pour la faire vivre encore. Bientôt, j'aurai tout vendu. Ce jour-là, je pourrais partir en paix. Mais je serais heureuse de te connaître avant que ce moment arrive. Tu voudrais revenir plus tard, pour me parler de toi ? J'ai beaucoup parlé, il est temps que je me repose, et que je te laisse digérer cette histoire.

25

Il ne me reste plus que quelques feuillets à lire. Quelques phrases pour découvrir ma mère, celle qu'elle a été et celle qu'elle est devenue. Je sens que je touche à la fin d'une quête. Pour parcourir ces dernières pages, j'ai eu besoin d'un environnement doux, et de m'isoler. Timothée a assuré qu'il comprenait. Il a embrassé mon front et a humé mes cheveux un peu plus longuement que d'habitude. Ses doigts ont serré plus fort mes épaules. Ou peut-être qu'il agissait déjà ainsi, avant, et que je n'en avais pas conscience. J'ai essayé de ne rien analyser. Je voulais être entièrement dans la lecture de ce cahier.

Je descends les marches qui mènent à la plage, celle sur laquelle ma mère s'est si souvent promenée. Je contemple la maisonnette. J'espère que Jéromina me laissera y accéder, pour que j'en découvre l'intérieur. À quelques dizaines de mètres, près du rivage, un homme apprend à son fils à faire des ricochets. Les galets volent, retombent sur l'eau. Le petit se décourage, l'adulte persévère. Enfin, il doit atteindre son but. Ses deux bras se lèvent, victorieux, et un cri de joie vient percer le silence. Je lui souhaite de conserver pour toujours cette image au fond de son âme. C'est ainsi qu'on parvient à déjouer les obstacles, lorsqu'on garde assez de ressources positives pour contrer le gris.

Le père soulève son fils dans les airs, il le fait tournoyer. Fêter les petites réussites, célébrer la vie, c'est une merveilleuse façon de vivre. Ils s'éloignent à petits pas. Ensemble.

Le soleil entame son déclin. C'est le moment que j'attendais. Souvent, j'ai déploré la dernière phrase prononcée par ma mère avant qu'on soit séparées à tout jamais. J'aurais aimé un conseil, une tirade philosophique, un avertissement. Mais c'était un vendredi matin, juste avant que je claque la porte pour courir jusqu'au collège, et elle m'avait répondu : « Oui, je vais passer au centre commercial tout à l'heure, je t'en prendrai », après que je lui avais demandé si elle pouvait m'acheter des serviettes hygiéniques. Ce à quoi j'avais répliqué : « Top, merci, je file. » Et j'avais tourné les talons, sans même attendre qu'elle me serre dans ses bras. Est-ce à cet échange que doit ressembler une ultime discussion entre une maman et sa fille adolescente ? Je suis persuadée que quand j'oserai l'avouer à Tim, il en plaisantera avant d'essayer d'y trouver un signe. Mais là, sur cette plage de galets, j'ai l'occasion, peut-être, de changer notre fin. Je l'espère de toute mon âme, et c'est avec cet espoir niché au creux du ventre que j'ouvre le cahier au dernier chapitre de sa vie.

17 octobre 2016

Aujourd'hui, je suis allée passer la journée avec Jéromina.

J'avais besoin de la voir encore une fois. Qu'elle me raconte mon enfance, celle dont je ne me souviens pas, quand tout était encore doux, quand il aurait pu ne rien arriver. Qu'elle me parle de nos jeux, de mon insouciance, et que son regard empreint de bienveillance se pose à nouveau sur moi. Avec le recul, j'en veux énormément à Lina de m'avoir enlevée aux miens, mais sans elle, je n'aurais pas pu renouer avec ma grand-mère.

Je crois que Jéromina a compris mes intentions. Avant que je retrouve la cabane de la mer, elle m'a serrée très fort dans ses bras, et m'a soufflé à l'oreille qu'elle me regarderait nager, le lendemain.

En entendant cela, j'ai failli renoncer.

Mais vivre avec Lina dans ma tête m'est de plus en plus impossible.

C'est grâce à elle que j'ai pu oublier les atrocités qu'on m'a fait subir pendant l'enfance et l'adolescence. C'est grâce à elle que je ne me suis pas taillé les veines lorsque toutes ces images horribles sont revenues à la surface, après avoir reçu cette carte écrite de la main de mon bourreau, et m'apprenant que ma mère était morte.

J'ai conscience qu'elle a été ma protectrice, la gardienne de mes plus sombres terreurs, et que je suis égoïste.

Mais je n'en peux plus de devoir partager mon esprit, mon corps, mon passé avec quelqu'un d'autre. Ce n'est pas normal. C'est épuisant. Et surtout, je me sens disparaître à ses côtés. Elle m'a déjà enlevée à mes filles, à l'homme que j'aimais, en me soufflant de fuir dans ce centre commercial. Et si, en occupant toute la place, elle efface le souvenir de Célia et Margaux, j'en mourrai.

Encore une fois, les cauchemars ressurgissent. À nouveau, la lâcheté m'enveloppe comme une carapace. C'est ce que j'ai toujours été. Lâche. Faible. Voilà pourquoi Lina a pu s'introduire dans mon cerveau, parce que j'étais une pleutre qui ne pouvait pas gérer les mauvais coups du sort toute seule…

Vivre ainsi, en sachant que dans chacune de mes vies j'ai fait souffrir les gens que j'aimais, me révulse. Vivre avec autant de regrets aussi.

Avec du courage, j'aurais pu transformer le quotidien.

En osant libérer les maux qui me rongeaient, tout aurait été différent.

Si on m'avait appris à communiquer, rester n'aurait pas représenté un tel sacrifice.

Partir n'aurait pas été la dernière issue.

J'ai le sentiment d'un immense gâchis.

Si mes filles étaient près de moi, je n'aurais aucun droit de leur dire qu'elles m'ont manqué, que je m'excuse. J'ai perdu ce droit le jour où j'ai quitté ma vie et la leur.

Mais si jamais elles tombaient un jour sur ce journal, je voudrais qu'elles sachent que la seule chose qui n'a jamais faibli, c'est l'incommensurable amour que je leur porte. Cet amour qui m'a obligée à les abandonner pour ne pas les faire souffrir.

J'aimerais qu'elles apprennent que j'ai espéré, longtemps, trouver la force de revenir. Que j'ai espéré, longtemps, qu'elles me trouvent à leur tour.

De toutes mes forces, j'espère qu'elles ne seront jamais comme moi. Qu'elles exprimeront toujours leurs angoisses avant de se noyer. Les mauvaises pensées, ainsi que les bonnes. Je crois que c'est ainsi qu'on réussit à faire le tri. En faisant confiance à notre entourage, en osant demander de l'aide.

Je me suis trop isolée, même quand il y avait tant de monde autour de moi, et dans ma tête aussi. J'ai trop joué la comédie, je me suis inventé trop de mensonges pour rester dans la réalité.

Je le regrette infiniment.

Je prie afin qu'elles s'attachent à des amarres suffisamment solides pour ne jamais être prises du désir de dériver, dans leur esprit ou dans leur vie.

Je leur souhaite de parler. De tout, de rien, de futilités. Mais surtout de ce qu'elles ressentent au fond d'elles.

Je les ai aimées, mais je n'ai pas été capable de leur dire, de leur montrer, de leur prouver.

Je n'ai pas été en mesure de les chérir plus fort que je me détestais.

Alors, je leur souhaite de trouver l'amour d'elles-mêmes.

Demain, j'irai voir où le courant me porte, et tenter de faire partie de l'immensité bleue de la mer. Lina ne va pas apprécier, elle qui chérit tant l'existence. Mais elle m'a enlevée à la mienne. Aujourd'hui, je vais lui rendre la pareille.

Et jusqu'à ce que la mer nous engloutisse, je penserai à mes filles.

Je pose le cahier, me déchausse, me lève. Les pieds dans l'eau, je peux sentir sa présence.

Les vagues caressent mes chevilles, mes doigts la perle de sainte Lucie, mon regard l'horizon, et mon esprit l'avenir.

« Adieu, maman », je murmure au vent.

Plus jamais, je ne serai la fille dont la maman a disparu.

C'est terminé.

Désormais, je suis orpheline de mère.

Cela ne change pas grand-chose, et cela change tout.

Maintenant, je sais. Oui, ma mère a disparu d'elle-même, mais pas que. Il y avait trop d'ombres dans sa tête. Et elle n'a pas su appeler à l'aide. Il va falloir que j'apprenne à intégrer cette nouvelle version de mon histoire.

La vie est remplie de choix, et si on subit ceux des autres, on est libre des nôtres.

Je peux être en paix avec mes sentiments.

Je me tourne vers le village. Celui qui a su apaiser ma mère, suffisamment pour qu'elle se livre. Pas assez pour qu'elle vive. Si je ne comprends pas tout, sûrement parce que c'est encore trop récent, trop embrouillé, je peux commencer à pardonner.

Une silhouette se détache sur le gris des pierres.

Timothée est assis, en retrait.

Présent pour moi si j'en éprouve le besoin.

Je l'appelle de tout mon cœur, et il l'entend.

Il vient.

Il est là.

J'ai un milliard de choses à lui dire.

Mais les mots ne sortent pas.

À la place, longtemps, je pleure dans ses bras.

Silencieusement. Pour mieux évacuer les années de tristesse, l'attente teintée de colère, les questions restées sans réponses, les angoisses.

Tim se contente de me caresser doucement les cheveux. Quand la certitude d'avoir tout lâché m'étreint, je murmure :

— Tu te souviens de mon carnet, celui que je voulais emporter pour faire un lien entre mon passé et mon futur ?

Timothée me fait signe que oui.

— Eh bien, dans le journal de ma mère, j'ai trouvé un court poème de Guillevic, et je crois qu'il a toute sa place dans mon cahier à moi, parce que plus qu'aucune autre chanson, il nous correspond à tous les deux.

Le ventre noué, je retourne sur la plage et lui présente la page. Je n'ai pas besoin de regarder avec lui, je le connais désormais sur le bout des doigts :

« On ne s'ennuie jamais
Tous les deux.
On a tellement de choses
À ne pas se dire.
C'est comme la mer et la marée. »

— On a aussi tellement de choses à se dire, murmure-t-il contre mon oreille.

Des papillons s'envolent dans mon ventre.

— Mais on n'a pas besoin de mots pour parler, je réplique.

Nos regards s'accrochent, un sourire naît sur nos lèvres, et tandis qu'attirées comme deux aimants, elles se frôlent puis se soudent, le sentiment déjà ressenti des années plus tôt rejaillit. Et cette fois, s'il me demande si je suis sûre de moi, j'affirmerai avec conviction que je le suis.

26

LORSQUE JE ME RÉVEILLE, l'impression d'avoir mieux dormi que jamais m'étreint, bien que Timothée et moi nous soyons épanchés jusqu'aux premières lueurs du jour. Après m'être assoupie, rien n'a réussi à perturber mon sommeil. Les ombres se sont dissipées. Peut-être que l'œil de sainte Lucie y a contribué. À la réflexion, je penche plutôt pour les bras de Tim. Quand il m'a avoué qu'il était amoureux de moi depuis l'adolescence, si ce n'est avant, mais qu'il avait toujours cru que mes sentiments n'étaient pas réciproques, j'ai ruminé ces nombreuses années de bonheur gâchées. Néanmoins, sa propension à vouloir avoir raison à tout prix a réussi à me convaincre : les choses n'arrivent jamais par hasard, et si nous avons attendu si longtemps, c'est sûrement pour vivre notre relation plus intensément. Je lui ai laissé remporter cette manche, et lui ai même promis de copier cette phrase telle quelle sur notre liste de leçons de vie. Pour le moment, afin de ne pas lui mettre la pression, je lui ai épargné ce chiffre entendu dans un podcast : un mariage entre deux meilleurs amis a soixante-dix pour cent de chance de plus qu'un autre de durer pour l'éternité.

Le sourire aux lèvres, j'allonge ma main pour effleurer sa peau de ma paume mais, à la place, je ne rencontre que les draps froissés et encore tièdes. Je me redresse, prononce son nom, doucement, puis plus fort. Le silence me répond et l'inquiétude en profite pour s'immiscer. Quelques instants seulement.

Sur son oreiller, un message m'assure qu'il sera très vite de retour. Le cœur dessiné maladroitement me provoque un rire niais.

Après m'être étirée comme un chat dans les rayons du soleil, je m'offre le luxe de paresser au lit. La fenêtre entrouverte transporte les odeurs de la rue jusqu'à mes narines, et je laisse mon esprit divaguer vers ces derniers jours aux antipodes de ma réalité et qui, pourtant, m'ont remis les pendules à l'heure.

Quelque chose a changé, et il ne s'agit pas simplement de savoir que ma mère ne passera plus jamais le seuil de la maison familiale.

Bien sûr, une forme de soulagement accompagne ces conclusions. Je ne vais plus vivre dans une incertitude constante, et même si lui pardonner ne va pas se faire en un jour, ma colère et mon amertume vont s'estomper peu à peu.

Au-delà de cette découverte, tout ce qu'on a traversé avec Timothée depuis que j'ai accepté de monter dans cet avion va me servir pour le futur. Je vais davantage lâcher prise. Prendre des risques. Oser. Créer. Me casser la gueule et subir des échecs, qui, loin de me mettre au sol, m'aideront à rebondir. *Quand on tombe, on ramasse toujours quelque chose.* Je souris en pensant à cette phrase que décidément, je devrais songer à me faire tatouer, pour ne pas l'oublier. Transformer les épreuves en leçons de vie, s'offrir des temps de paroles, parler de ses sentiments en chansons… L'avenir me semble radieux. Encore plus avec Timothée à mes côtés. Cette réflexion me provoque des palpitations.

Un léger *toc toc* me sort de mes pensées. Par l'entrebâillement de la porte, une main présentant un pain aux raisins surmonté d'une bougie apparaît. J'éclate de rire.

Soudain, je prends conscience que la boucle est bouclée. Aujourd'hui, cela fait quinze ans que ma mère a disparu. J'ai passé la moitié de ma vie à attendre un fantôme, à me recroqueviller sur moi-même, à avoir peur de vivre. Et c'est fini.

Aujourd'hui, c'est surtout mon anniversaire. Je n'en perdrai pas une seconde, pas une miette. Je veux croquer l'existence, me régaler de petits bonheurs, et m'émerveiller au quotidien. Je veux être libre, devenir la femme que je choisis d'être, celle qui danse sous la pluie en attendant l'arc-en-ciel. Et tant pis si je reste parfois à ronger mon frein derrière un camping-car. La vie est jalonnée d'épreuves plus ou moins ardues, mais ne pas la vivre pleinement, finalement, représente le plus gros danger.

Timothée entre en chantant « Joyeux anniversaire », son pain aux raisins en équilibre sur la paume de sa main.

La tendresse se lit dans son regard, et j'y vois la promesse qu'il tient depuis toujours : il sera là, à mes côtés, pour m'accompagner. Il y aura des hauts et des bas, comme il y en a déjà eu par le passé. Il y aura des coups de gueule, des disputes, des divergences d'opinion. Mais il y aura surtout des rires, de la joie, des voyages, et de l'amour. Beaucoup d'amour. Je ne suis pas aromantique. Avec Tim, je peux enlever le « a » et laisser mon cœur pousser comme du lierre sur les murs d'une maison.

Je souffle ma bougie en pensant très fort à mon vœu : mener ma vie comme je l'entends.

J'ai à peine avalé une bouchée de la viennoiserie que Timothée m'exhorte à sortir du lit. Il a une surprise pour moi, et je dois me préparer.

— Tu ne veux pas te recoucher, plutôt ? je demande.

— Je t'assure que quand tu connaîtras la suite de notre programme, tu ne regretteras pas ta grasse matinée. Allez, dépêche !

— J'espère que c'est un petit déjeuner avec au moins cinq autres pains aux raisins. Je meurs de faim.

Nous descendons les escaliers en riant, et marchons jusqu'à la place du village. La première chose que je remarque, c'est le téléphone de Tim braqué sur moi. Pourquoi me filme-t-il ? Je cligne des yeux, avant de suivre du regard son index dressé. Je reste tétanisée, les deux pieds soudés aux pavés, à observer ces deux personnes qui ressemblent à papa et à Célia. Et puis, je réalise que ce n'est pas une ressemblance. Ils sont là, devant moi.

Mon père a l'air plus jeune, sorti de ses puzzles. À moins que, comme moi, connaître la vérité l'ait libéré.

Je les serre dans mes bras à les en étouffer. Je n'arrive pas à croire qu'ils soient venus jusqu'ici. Je peine à assimiler qu'ils sont montés dans un avion, qu'ils ont loué une voiture, qu'ils ont parcouru la route sinueuse qui mène à Nonza... pour partager cette journée d'anniversaire avec moi. Mon cœur se gonfle de félicité, de gratitude, et des larmes de joie ruissellent sur mes joues.

Heureusement, ma sœur a le don pour semer de l'humour dans mes phases d'émotion.

— Bon, on va se le prendre, ce petit déj ? J'ai pas traversé toute la France pour te regarder chialer !

Je ris à travers mes larmes, et collée contre moi, elle me chuchote :

— J'ai remarqué les regards que vous vous lancez, Tim et toi… ça y est, il t'a enfin sorti le grand jeu ?

Et je me rends compte que depuis toutes ces années, j'étais la seule à refuser ce bonheur qui pourtant me tendait les bras.

Le petit déjeuner prend des allures de banquet, sous l'ombre des arbres du café de la Tour. Les cafés et les jus d'orange s'enchaînent, ainsi que nos discussions. Pas encore sur ma mère, car l'heure est à la fête. Nous aurons bien d'autres occasions d'en parler plus tard. Toutefois, il y a quelqu'un que je souhaite absolument leur présenter :

— Avant que ce soit l'heure de la sieste, je voudrais vous emmener chez Jéromina. Célia, je suis sûre qu'elle va te plaire.

27

SERRÉS LES UNS CONTRE LES AUTRES, nous admirons l'horizon pendant que Jéromina finit de réciter un poème en corse. Nous ne comprenons pas un traître mot, mais comme lors du concert de chants corses, nous nous laissons bercer par la sonorité, et gagner par les émotions. Postée à la droite de mon arrière-grand-mère, je la soutiens. De l'autre côté, il y a ma sœur. Nos regards se croisent et son sourire, qu'elle tient de notre mère, s'agrandit.

Après des présentations à la fois maladroites et remplies de tendresse, c'est Tim, encore lui, qui a proposé de descendre tous ensemble sur la plage pour rendre un dernier hommage à ma mère. Sur le coup, j'ai cru que Jéromina, avec sa canne et ses quatre-vingt-quatorze printemps, allait décliner. Toutefois, elle m'a prouvé qu'elle était beaucoup plus robuste que moi, qui ai toujours autant de difficultés à reprendre mon souffle.

Parvenus dans la crique, nous avons déplacé de nombreux cailloux blancs pour créer un dessin sur les galets noirs. Ça, c'était une idée de notre arrière-grand-mère. Elle nous a assuré que depuis son jardin, le rendu serait époustouflant. Nous avons longuement cherché ce qui pouvait représenter ma mère, cependant, force a été d'admettre que nous la connaissions mal. Célia a voté pour un mot de paix, jusqu'à ce que je montre le coquillage accroché à mon bracelet.

— L'œil de santa Lucia, *babin*… c'est merveilleux de lui offrir votre lumière, a murmuré Jéromina, les yeux rougis.

Alors, Timothée, Célia, papa et moi nous sommes attelés à la tâche. Après l'hommage prononcé par la vieille femme, elle nous a prises à part, Célia et moi. Elle ne se sentait pas assez forte pour visiter la maison de la plage, nous a-t-elle confié, mais m'a tendu un trousseau de clefs.

— C'est pour ton anniversaire, va. Elle t'appartient, désormais, ainsi qu'à ta sœur. J'espère que vous viendrez, avant que je parte à mon tour…

Célia et moi, aussi abasourdies que touchées par ce cadeau, avons promis, et je sais que ce n'était pas une parole en l'air.

Nous avons ensuite pris notre temps pour remonter jusqu'à chez notre arrière-grand-mère.

Assis sur le banc dans sa cour, nous admirons notre composition qui, depuis notre promontoire, ressemble à une œuvre d'art. Je l'ai photographiée, et en l'espace de quelques minutes, des dizaines d'idées de créations ont émergé dans mon esprit. Je crois que je me le suis interdit pendant longtemps, mais que c'est cette voie que j'ai envie d'emprunter, à présent. Fabriquer, peindre, écrire… je ressens tout à coup la légitimité de m'essayer à tout, de trouver ma voie, d'oser sans craindre les échecs.

La main de papa se pose sur mon épaule, et je me retourne. Timothée et Jéromina se sont éclipsés, nous laissant seuls tous les trois, avec Célia. Prise dans mes pensées, je n'avais même pas remarqué leur départ.

— Jéromina nous invite à goûter sa liqueur de myrte, dit mon père. Il faut se dépêcher, apparemment Tim est un grand amateur de spiritueux corses, et il compte préparer des mojitos.

Je ris au souvenir de notre apéritif sur le toit-terrasse.

— J'arrive.

Alors que je m'apprête à le suivre, mon père se rassoit sur le banc.

— Comment vous vous sentez, mes petites chéries ?

Les longs cheveux de Célia s'envolent au vent tandis qu'elle secoue la tête.

— Je... ne m'attendais pas à ça. C'est hallucinant, quand même, non ? Un trouble dissociatif de l'identité, je n'en avais entendu parler que sur les réseaux sociaux.

— Il va falloir qu'on s'informe sur ce trouble, je déclare.

Mon père et ma sœur approuvent tous deux avec vigueur.

— Et toi papa, comment tu te sens ? questionne ma sœur.

— Triste pour votre mère. Si elle était née à une autre époque, si les problèmes de santé mentale avaient été plus mentionnés dans les médias, peut-être qu'alors, tout ce gâchis aurait pu être évité.

— Parfois, il n'y a pas de morale à l'histoire, j'annonce. Simplement un sentiment d'injustice, mais c'est ainsi, on ne peut rien y changer. On peut seulement se dire qu'on n'y était pour rien.

Ils pensent sans aucun doute la même chose que moi. Finie, la culpabilité. Terminée, l'attente. Adieu, l'espoir empoisonné. Une nouvelle étape nous tend les bras, désormais, et avec elle, la possibilité de réellement faire le deuil de notre mère.

— Et moi, je poursuis, je suis prête à définitivement fermer ce trop long chapitre, pour en entamer un neuf.

— Idem, annonce mon père. Je ne parviens pas à l'exprimer clairement, mais je me sens libéré d'un poids.

— Et moi, j'ai l'impression que la colère que je ressentais vis-à-vis d'elle pèse moins lourd, nous confie Célia.

Papa entoure ses épaules d'un bras protecteur.

— Je conserverai les beaux souvenirs, reprend-il, parce qu'il y en a eu beaucoup. Et je m'estime chanceux de vous avoir, ta sœur et toi, dans ma vie. C'est grâce à Nathalie, finalement. Son départ nous a au moins permis d'être présents les uns pour les autres, de nous soutenir, d'avancer ensemble.

La théorie du camping-car me revient, mais je la garde pour moi. Le ciel azuré nous offre de fabuleux nuages, ce soir, et je distingue la forme d'une colombe parmi eux.

— Je partage ton avis, papa. Et je nous souhaite de nouveaux chapitres remplis d'émerveillement.

ÉPILOGUE

Six ans plus tard

— MA MÈRE a disparu la veille de mes quinze ans, et nous avons passé les quinze années suivantes à l'attendre, avant de découvrir la vérité et de pouvoir être libérés. L'expérience m'a appris qu'on ne pourra jamais vous ôter l'espoir, mais qu'on ne pourra jamais non plus vous enlever les questions, le désarroi, les doutes. Quel que soit le temps que ça dure, que ce soit un mois ou toute une vie, vous le compterez sûrement en jours, en ayant la sensation que c'est arrivé hier, en vous demandant pourquoi c'est tombé sur vous. Votre cœur tambourinera lorsque vous verrez quelqu'un qui ressemble à la personne que vous espérez. Vous aurez toujours du mal à vous éloigner de là où elle peut vous retrouver. Vous continuerez à dresser des listes pour qu'elle revienne, et souvent à vous mettre entre parenthèses, au cas où. Et personne, personne, ne pourra vous jeter la pierre. C'est humain. Mais n'oubliez jamais que vous, vous n'avez pas disparu de votre existence. Alors, vivez-la, vous lui devez bien ça. Vous vous devez bien ça. Ne vous cachez pas des petits bonheurs du quotidien, attrapez-les dès que vous pouvez. Oui, on a le droit d'être heureux quand même. Oui, on a le droit de mener des projets. Et oui, il va falloir apprendre à faire coexister l'attente et l'espoir, et toutes ces émotions qui vous assaillent en permanence. Mais c'est pour mieux vivre la vie que vous méritez. Je vous souhaite le courage d'y parvenir, et n'oubliez jamais que vous n'êtes pas seuls. Nous sommes là, avec vous. Merci de m'avoir écoutée.

Je termine mon discours sous les applaudissements du public. Face à moi, je vois des visages bouleversés, émus. Je les ai touchés en plein cœur, j'en suis convaincue, même si avant de rédiger ce texte pour eux, je l'ai surtout écrit pour l'adolescente que j'étais. C'est celui que j'aurais aimé entendre.

Timothée avait encore une fois raison. Aider les autres, c'est s'aider soi-même. En l'occurrence, il n'est jamais ni trop tôt ni trop tard pour appliquer cette philosophie.

Les bénévoles me congratulent, et je me félicite d'avoir osé témoigner. Ces cinq dernières années, depuis que je fais partie de l'association aux côtés de Timothée, j'ai déjà raconté mon parcours à plusieurs reprises, mais toujours dans l'intimité d'un foyer frappé par la disparition volontaire d'un être cher. C'est la première fois que j'accepte de me livrer en public, et si je suis, encore une fois, sortie de ma zone de confort, j'en suis à nouveau très fière.

Des gens viennent me saluer, me remercier. Je serre des mains, souris, rougis sous les compliments. Certains me prennent dans leurs bras, me relatent leur histoire, par bribes, parce que je suis consciente que derrière chaque expérience, des vies entières sont remuées, affectées à jamais. Je les comprends, je suis des leurs.

Quelqu'un me tend une coupe de champagne, pot de l'amitié.

— À cette superbe présentation qui m'a tiré quelques larmes, mais plus que tout, à ta nouvelle vie, trinque la présidente de l'association, devenue, au fil du temps, une amie proche.

— Timothée n'a pas réussi à garder le secret, apparemment !

Ghislaine dissimule un gloussement derrière sa paume.

— C'est peu de le dire. Il parade comme un paon en annonçant à qui veut l'entendre que sa femme a fini major de sa promo.

— Il exagère, je ris. Il n'y avait même pas de classement !

— C'est toi qui es modeste. Reprendre des études passé trente ans, tout en étant bénévole dans l'asso, avec une vie aussi remplie, et devenir psychologue option arts, ce n'est pas donné à tout le monde !

— C'est vous tous qui m'avez donné la force d'y arriver, j'affirme, tandis que l'émotion me submerge à nouveau.

— C'est vrai. Sans nous, tu n'aurais rien réussi, raille-t-elle avec humour. D'ailleurs, ton fan-club t'attend, je vais te laisser les rejoindre. Ta groupie numéro un est sur le qui-vive !

Je relève le menton et embrasse la pièce du regard.

Effectivement, je l'aperçois au fond de la salle, papa, Karine et Célia à ses côtés. Ses yeux pétillent d'excitation. Et moi qui l'observe, je fonds d'amour.

— Maman !

La fillette, lasse d'attendre, se fraie un chemin parmi les adultes, n'hésitant pas à écraser des pieds sur son passage pour atteindre son but. Elle saute dans mes bras. Je dévore son cou potelé de bisous, elle se dégage en éclatant d'un rire cristallin. Le bruit le plus doux du monde à mes oreilles.

— Allez, maman, y faut partir tousuite.

Je vérifie l'heure sur ma montre, tout à coup angoissée à l'idée d'être en retard pour l'aéroport.

— On a le temps, ma chérie, je souffle, soulagée. L'avion ne décolle que dans quatre heures.

— Mais papy il a dit que, au Cazou, c'est le bazar. Dis, maman, c'est où le Cazou ?

— Tu demanderas à papy de t'expliquer tout à l'heure, je ris.

— Papa, il va m'acheter un pain aux raisins, se vante ma fille, qui est déjà passée à un autre sujet de discussion. Et pis aussi, il a promis que z'aura le droit de souffler les mille bougies sur le gâteau de Nanna, et moi, ze va faire comme ça, me montre-t-elle en gonflant ses joues de toutes ses forces.

— Cent bougies, chérie, pas mille. C'est déjà bien assez !

Évidemment, elle ne m'écoute pas. Pressée de retrouver Nanna et tout ce qui l'attend à Nonza, où elle est devenue la petite merveille du village, elle s'est déjà éloignée en sautillant gaiement.

Je l'appelle pour qu'elle revienne :

— Attends-moi, Lucia !

Elle agrippe la main de Timothée et m'adresse un sourire rayonnant. J'embrasse mon père, Célia et Karine, et me colle contre le torse de Timothée. Mon meilleur ami, ma valeur sûre, et désormais mon mari ainsi que le papa de celle qui représente la lumière de nos vies à tous. Avant de quitter cette pièce, remplie de tous ces gens qui attendent le retour d'un être cher, j'ai une pensée pour ma mère. Elle n'est jamais revenue, mais d'une certaine manière, partir à sa recherche m'a permis de me trouver. Le plan de Timothée pour que je revienne à moi-même a fonctionné.

Et si je devais écrire la phrase de ma carte du jour, ce serait sans doute quelque chose comme : « Ayez confiance en l'avenir, il y aura toujours une lumière pour vous guider. »

REMERCIEMENTS

Lorsque j'avais quinze ans, une femme de notre entourage a disparu volontairement de sa vie pendant plusieurs mois. À son retour, elle ne s'est jamais livrée, ni sur les raisons qui l'avaient poussée à partir, ni sur ses trois mois entre parenthèses. Je dois avouer que les disparitions volontaires m'ont toujours fascinée. Il m'est arrivé d'entendre, plus tard, alors que j'étais déjà devenue mère, des connaissances, des amies, déclarer : « J'aimerais tout plaquer et disparaître de ma vie. » Mon imagination a fait le reste de ce roman.

Je ne veux pas vous en dévoiler trop parce que si comme moi, vous commencez par les remerciements, ce serait dommage que vous découvriez la fin tout de suite, alors, place à ma reconnaissance et à ma gratitude :

À Ghislaine, présidente de l'ARPD de Dordogne, qui m'a donné de nombreuses pistes et autant d'autres idées d'histoires.

À la Corse. Je me suis rendu compte que chacun de mes romans prenait place dans un lieu qui a compté dans ma vie. Chantilly, Hoëdic, Monpazier… Après avoir passé mes meilleurs étés d'enfance sur l'île de beauté, il me semblait donc essentiel de lui rendre hommage dans une histoire.

À ma maman et à Toinou, qui m'ont offert ces mois de juillet féeriques à Figaretto, entre une paillote et un arbre à sucettes, et tant d'autres choses.

À Antoine, Marissa et Léandre, pour me soutenir à chaque instant et ne pas vous offusquer à l'idée que je parte seule en Corse pour écrire, alors que je sais que vous rêvez de retrouver l'île, vous aussi.

À toute l'équipe de Charleston pour m'épauler, croire en moi, faire vivre mes romans. À Karine, Pierre-Benoît, Danaé, Caroline, Stéphanie, Alice, Virginie, Eléonore, Anne-Sophie… À Lisa, la première à qui j'ai parlé de Margaux et de Timothée sur la terrasse d'un restau qui a pour nom « L'Inspiration », ça ne s'invente pas !

À Clémence qui relève mes défis fous encore mieux que le Dry January, et à Émeline et Aude D. pour m'avoir aidée à concevoir l'*Oracle des Jours Heureux* de Margaux.

À Jeanne, éditrice formidable qui a supervisé avec rigueur et efficacité chacune des versions de ce roman. J'espère faire encore un long chemin avec toi.

À Isabelle Lagarrigue, pour tes multiples relectures, tes conseils et ta précieuse amitié.

À Eva, de *Pose toi et va lire,* formidable chroniqueuse qui influence mes lectures, pour ce premier regard bienveillant.

À Juliette Alpha et Jean-François Pasques, appelés à la rescousse pour les détails « crédibilité » de l'histoire.

À l'artiste Florence Arrighi, qui tient la vraie galerie de Nonza et à qui je dois le poème de Guillevic, et un échange bluffant de synchronicités et d'émotions mêlées.

À la créatrice de bijoux Aurélie Casabrondo, présente le lundi matin sur le marché d'Erbalunga, qui fait des bracelets en noyaux d'olive et qui m'a promis de nouveaux bijoux avec la pierre de santa Lucia.

À Virginie, bénévole dans l'incroyable bibliothèque participative de Luri dans laquelle j'ai placé l'exposition.

À Chris de la librairie des Songes, au groupe l'Alba qui m'a fait vivre un concert merveilleux, aux gérants de la Casa di Babbo à Tomino, et de l'hôtel de la Jetée à Centuri pour les anecdotes.

À Roger et Marie-Pierre, pour l'eau de vie au basilic, pour les prières qui contrent le mauvais œil et pour les souvenirs.

À mes amis sans qui la vie serait moins jolie, de mes « Tits up » chéries à mes 3 fantastiques en passant par mes Bertitis, sans oublier celles et ceux qui ne sont pas dans des groupes WhatsApp aux noms improbables mais que j'aime tout autant.

Et enfin, à vous. Lecteurs, chroniqueurs, libraires… grâce à qui je vis de folles aventures chaque jour, qui m'écrivez ou venez à ma rencontre. Merci pour votre enthousiasme, pour vos mots, vos publications, pour le bouche-à-oreille et pour lire et offrir mes livres. Je mesure ma chance de vous avoir.

J'espère que ce séjour en Corse vous aura donné envie d'émerveillement.

La communauté Charleston a aimé !

Chez Charleston, nous sommes convaincus que, loin d'être une aventure solitaire, la lecture est une invitation au partage. Nous échangeons constamment avec nos lecteurs et lectrices, et nous sommes fiers de la belle communauté d'amoureux des livres que nous formons tous ensemble. Chaque année, nous choisissons au sein de cette communauté vingt lectrices et lecteurs qui nous accompagnent tout au long de l'année et découvrent nos romans en avant-première. Voici leurs avis !

« Un roman drôle et émouvant comme l'autrice sait si bien les écrire. De l'émotion à chaque page ! Les personnages sont si attachants, la plume si fluide, que les pages défilent ! »

@doresixtine_lecturesdesixtine

« Un magnifique voyage introspectif à la recherche de l'apaisement et de la vérité ; une enquête aussi touchante que surprenante, un scénario original et très bien construit ! »

@myjolielibrairie

« Un coup de cœur sans aucun doute : une histoire d'amour, de famille et d'amitié. J'ai passé un merveilleux moment avec ce roman et ai trouvé la fin incroyable. »

@mapetiterevolutionlitteraire

« Cynthia Kafka m'a bluffée. Merci pour ce texte. »

@unlivreabordeaux

« Un livre qui mérite d'être découvert pour l'histoire incroyable et la sensibilité qu'il renferme. »

@tsikou_booksta

« Cynthia Kafka a le don de nous faire vivre de belles émotions et n'a pas dérogé à la règle avec ce nouveau roman. Une très belle histoire qui saura toucher de nombreux cœurs. »

@jo_livresque

« J'adore la plume de Cynthia Kafka, et c'est avec ce roman particulièrement émouvant que je continue de la découvrir. Une intrigue prenante, des personnages psychologiquement aboutis, un récit touchant ! »

@ yasmine.aufildesmots

« Dès les premières pages, on devine que c'est un livre qui se dévore. Un roman doux même s'il explore la disparition, la guérison et la maladie. »

@bookin_lecture

DE LA MÊME AUTRICE

Carpe Diem. Sur la couverture du carnet qui abrite ses pensées, les mots en lettres brillantes narguent Alexia. À 14 ans, le temps où elle pouvait « cueillir le jour » lui semble très loin. Depuis l'accident de voiture qui lui a arraché sa mère, son beau-père et ses deux demi-frères, elle vit au fin fond de la Dordogne chez son père, Greg, qu'elle connaît à peine.

Quand ses copains d'école se rêvaient pompier ou footballeur, Greg n'avait déjà qu'une idée en tête : construire des cabanes dans les arbres. Un rêve d'éternel enfant qu'il est resté – alors comment pourrait-il en élever un, d'enfant, surtout cette adolescente carapacée dans son deuil et son malheur ?

Peut-être avec l'aide d'Ida, une retraitée au verbe haut, et de Solène, cette jeune femme solaire et bienveillante qui a la manie étrange de répertorier les boîtes à livres de France…

Un roman émouvant et lumineux porté par des personnages que tout oppose, mais qui vont apprendre à se découvrir, à se soutenir et à avancer ensemble.

320 pages

Cet ouvrage a été imprimé en utilisant des papiers composés de fibres naturelles, renouvelables, recyclables et fabriquées à partir de bois issus de forêts qui adoptent un système d'aménagement durable. En outre, les fournisseurs de papier s'inscrivent dans une démarche de certification environnementale reconnue.

Achevé d'imprimer en mars 2024
par CPI Bussière
À Saint-Amand-Montrond (18)
Dépôt légal : avril 2024
N° d'impression : 2076210
Imprimé en France